總尊秘錄

태존비록

1판 1쇄 찍음 2017년 1월 24일
1판 1쇄 펴냄 2017년 2월 3일

지은이 | 비 가
펴낸이 | 정 필
펴낸곳 | 도서출판 뿔미디어

편집장 | 문정흠
기획 · 편집 | 배희선

출판등록 | 2002년 9월 11일 (제1081-1-132호)
주소 | 경기도 부천시 원미구 소향로 17번길(두성프라자) 303호 (우) 14544
전화 | 032)651-6513 / 팩스 032)651-6094
E-mail | bbulmedia@hanmail.net
비북스 | http://b-books.co.kr

값 8,000원

ISBN 979-11-315-7680-9 04810
ISBN 978-89-6775-394-8 04810 (세트)

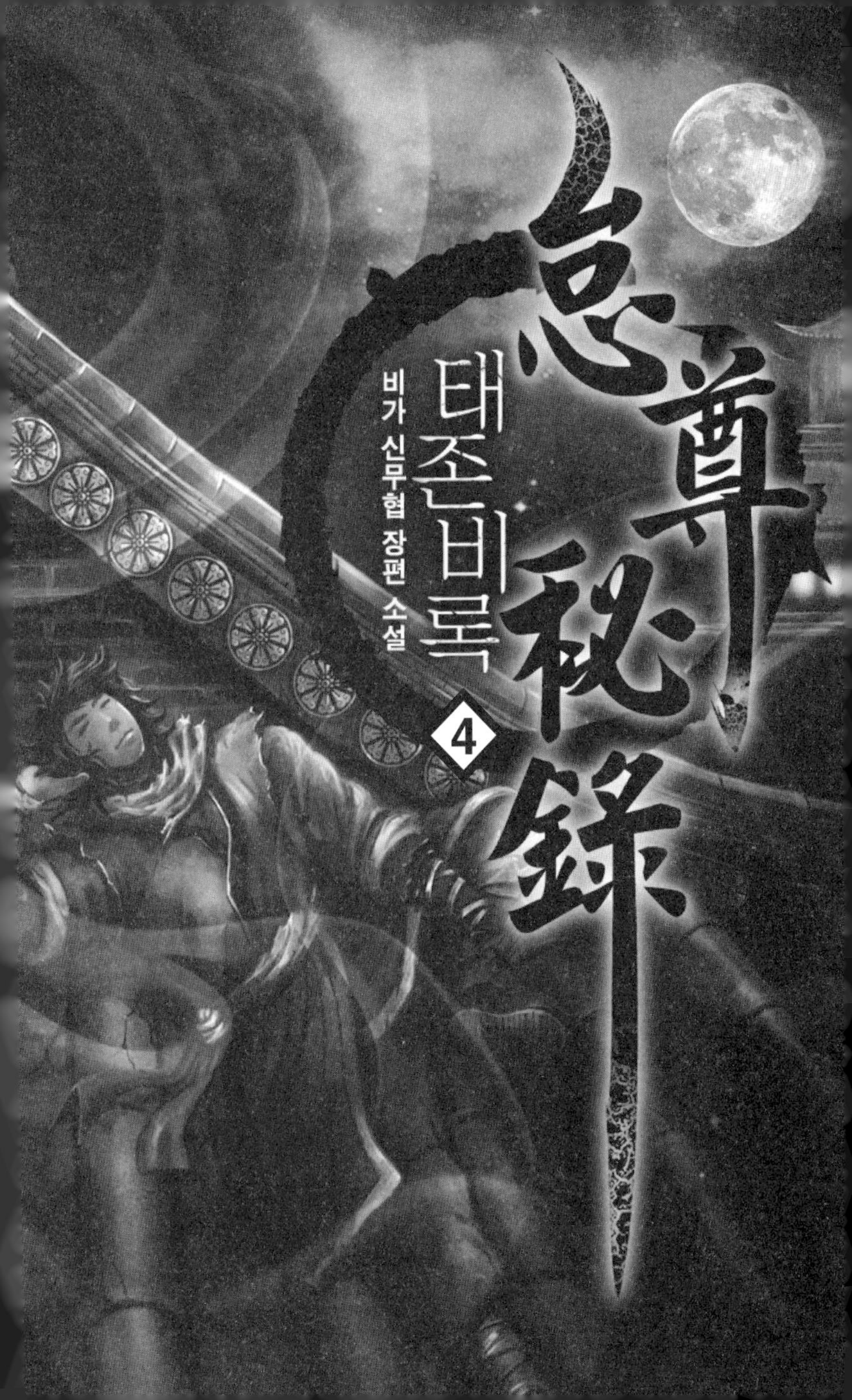
태존비록
비가 신무협 장편 소설
4

목차

25장
일척건곤(一擲乾坤)

외팔이 도수는 가만히 위연호를 바라보다가 고개를 돌려 강천립에게로 시선을 옮겼다.

"말이 다르지 않소."

강천립은 태연했다.

"뭐가 다르단 말인가?"

"제대로 된 승부를 하게 해준다 하지 않으셨소. 그런데 저런 애송이와 손을 섞으라는 말이오?"

"애송이?"

강천립이 위연호의 앞에 쌓여 있는 은화를 가리키며 말했다.

"금화장에서 저만큼의 돈을 한 시진도 안 되어 딴 사람이 애송이라고? 자네는 저럴 수 있나?"

독비의 시선이 위연호의 앞에 쌓여 있는 은자들로 향했다. 사람 키보다 높이 쌓인 은자의 산을 본 독비의 눈썹이 꿈틀했다.

"저걸 다 저자가 딴 거란 말이오?"

"그렇다네. 음양에서 십 연승을 했지."

"십 연승?"

독비가 새삼스러운 눈으로 위연호를 바라보았다.

'느껴지지 않는데.'

도박꾼은 승부의 세계에 사는 사람들이다. 단 한순간에 모든 것을 얻기도 하고, 한순간에 모든 것을 잃기도 한다. 그 칼끝과도 같은 승부에 죽고 사는 인생들은 일반인과는 다른, 미묘한 독기 같은 것들을 지니고 있기 마련이었다.

하지만 위연호에게서는 그런 것이 전혀 느껴지지 않았다.

승부에 대한 절절한 갈망도, 칼끝에서 버티고 사는 인생에서 느껴지는 특유의 절박함도 전혀 보이지 않는다.

"진짜요?"

"여기 있는 사람들이 다 봤네."

"이상하군."

독비가 가만히 위연호를 보다가 눈을 찌푸렸다.

"도박꾼은 아닌 것 같은데……."

"도박꾼들은 머리에 도박꾼이라고 써놓고 다니는가? 도박 잘하면 도박꾼이지."

독비는 입을 꾹 다물었다.

강천립은 금화장의 장주이기는 하지만, 도수가 아니라 장사꾼이다. 장사꾼에게 도수의 세계를 설명한다는 것은 난해한 일이었다.

"사기꾼은 아니오?"

"음양에서 열 번을 연속으로 이길 수 있는 방법이 있나?"

"으으음……."

독비는 도통 위연호를 이해할 수 없었다.

음양에서 열 번을 연속으로 이기는 것은 그로서도 쉽지 않은 일이었다. 다른 도박이라면 모를까. 음양은 정말 운이 전부나 마찬가지인 도박이었으니.

그래서 더욱 이해가 가지 않았다.

실력으로 보자면 당연히 고수여야 하는데, 고수의 풍모가 전혀 느껴지지 않는다고 할까?

다른 건 다 그렇다 치고, 저 흐리멍덩한 눈을 보고 있으면 도박뿐 아니라 어떤 부분에서도 저 소년이 두각을 나타낼 수 있을 거라는 생각이 들지 않았다.

도박은 기술이 반이고, 상대의 심리를 파악하는 것이 나머지 반이다. 평생을 도박판에서 건너편에 앉은 인간을 분석하는 것에 매진해 온 독비가 보기에 위연호는 도무지 도박에 소질이 있어 보이지 않았다.

"정말 이상한 일이군."

독비가 고민을 할 때, 위연호가 하품을 하더니 입을 열었다.

"……멀었어요?"

강천립이 손을 내젓는다.

"그, 금방 준비되니 조금만 더 기다려 주십시오."

"하암……."

위연호는 숫제 잠에 빠져들 기세였다.

위연호를 달랜 강천립이 독비를 향해 나직하게 일갈했다.

"그래서! 상대할 수 있다는 건가, 없다는 건가?"

"내게 묻는 거요?"

"물론일……."

"내게?"

강천립은 아차 하여 입을 꾹 다물었다.

지금 그의 앞에 있는 사람이 누군가. 호북성의 도박판에서는 신화와도 같은 사람이다.

도박장에서 태어나 도박장에서 살아온 독비는 도박에 관

한 한 이룰 것을 모두 이룬 사람이었다. 호북에서 난다 긴다 하는 도박꾼들도 그의 앞에서는 한 수 접어줄 만큼이나 그 실력을 의심할 필요가 없는 사람이었다.

그런 이에게 오늘 처음 등장한 애송이를 감당할 수 있겠냐 묻는 것은 커다란 실수였다.

"내가 마음이 조급해서 실례를 저질렀네."

"으음……."

독비는 강천립을 지그시 바라보고는 낮은 침음을 내었다.

다른 상황이라면 이런 대접을 참을 그가 아니었지만, 지금은 강천립의 마음도 이해가 안 가는 것이 아니었다.

눈앞에서 황금 열 냥이 날아가는 것을 본다면 누가 평정을 유지할 수 있겠는가.

게다가 그 모든 일이 반 시진 만에 벌어진 일이라면 독비조차 흔들리지 않을 수 없을 것이다.

아무리 예의를 차리고 침착하려 해도 그게 잘 안 되는 곳이 바로 도박판이다. 그래서 인간의 끝을 볼 수 있는 곳이라 불리는 것이다.

물론 평생을 도박판에서 살아온 독비는 더한 꼴을 수도 없이 보아왔기에 강천립의 심정을 이해해 줄 수 있었다.

"이해하오."

"이해해 줘서 고맙네. 그래서 대답은?"

"내가 도박을 마다할 리가 없지."

"사례는 톡톡히 하겠네."

강천립은 의기양양한 얼굴로 위연호를 돌아보았다. 독비가 나서주기로 한 이상 승부는 이미 끝난 것이나 마찬가지였다. 도박의 중심지라는 낙양에서도 최고의 꾼으로 통하는 이가 독비였다. 그런 독비가 저런 애송이를 감당하지 못할 리가 없었다.

"공자."

위연호는 의자에 앉아 병든 닭처럼 꾸벅꾸벅 졸고 있었다.

그새를 참지 못하고 잠이 든 모양이다.

"공자!"

"으음."

자신을 부르는 소리에 잠에서 깨어난 위연호가 반쯤 감긴 눈으로 주위를 둘러보았다.

"준비 끝났어요?"

"그렇소이다!"

"하아아암."

양팔을 쫙 뻗어 늘어지게 기지개를 켠 위연호가 입을 두드리더니 목을 좌우로 비틀었다.

우드득, 우드득.

'사람 목에서 어떻게 저런 소리가 나지?'

덩치가 있는 놈이 위협으로 저런 소리를 냈다면 간이 쫄릴 만한 소리지만, 병든 닭 같은 위연호가 의자에 앉아서 저런 소리를 내고 있으니 그 소리마저 처량하게 들린다.

"그래서……."

위연호가 주변을 두리번거리다가 진소아를 찾아내고는 말했다.

"야, 이놈아! 가서 냉수 한 바가지 떠 오너라!"

"예, 예이."

진소아가 부들거리는 얼굴로 공손한 목소리를 냈다. 그러고는 종종걸음으로 뛰어가 물을 떠 와 위연호에게 바친다.

"흐음."

한 모금의 물을 마신 위연호가 얼굴을 일그러뜨리더니, 바가지를 다시 진소아에게 내밀었다.

"시원한 걸로 가져오라고! 시원한 걸로!"

"끄으으응!"

이곳에서 나가기만 하면 반드시 저 목을 졸라 버리겠다고 다짐하며 진소아가 다시금 바가지를 받아 들고는 물을 뜨러 갔다.

진소아를 한껏 괴롭힌 위연호가 씨익 웃으며 독비를 바

라보았다.

"아저씨가 상대예요?"

"그렇다."

"얼굴이 엄청 살벌하게 생겼네."

독비는 히죽 웃었다.

사태 파악이 된 건지, 안 된 건지는 모르겠지만, 저 배짱은 마음에 들었다. 이 많은 사람들이 지켜보는 상황에서 도박을 하는 것은 웬만한 사람들은 간이 떨려 엄두도 내지 못할 일이었다.

그런데도 저렇게 배짱 좋게 말을 한다는 것은 독비가 처음 봤을 때와는 다르게 저 소년이 생각보다 담대하다는 뜻이었다.

'내가 사람을 잘못 본 걸까?'

살짝 의아하기는 했지만, 아무래도 상관없었다. 눈앞의 저 소년이 엄마 뱃속에서부터 도박 실력을 갈고닦았다고 하더라도 독비가 도박에 매진한 세월의 반도 되지 못할 것이다.

"그런데 아저씨는 왜 팔이 하나 없어요?"

독비의 미간이 일그러졌다.

"……도박하다 날려 먹었지."

"저런."

위연호가 고개를 절레절레 저었다.

"그래서 도박은 패가망신의 지름길이라고 하는 모양이에요. 괜찮아요?"

"괜찮지."

독비는 대수롭지 않다는 듯 대답했다.

"내 팔을 가져간 놈은 그 대가로 목을 내놓았으니, 손해 보는 장사는 아니었거든."

"헐."

위연호가 몸을 부르르 떨었다.

"도박으로 목숨도 걸어요?"

"흔한 일이지."

"도박이 뭐라고 목숨까지 걸고 하는지 모르겠네요."

"금액이 올라가다 보면 사람의 목숨 따위는 하찮게 여겨지는 순간이 오는 법이다. 너는 네 목숨에 금자 열 냥의 가치가 있다고 생각하느냐?"

"으음……."

위연호가 볼을 긁더니 대답했다.

"아무래도 그거보다는 더 나갈 것 같네요."

"정말 그렇게 생각하느냐?"

"믿기 힘드시겠지만요."

위연호가 배시시 웃었다.

위연호를 금자 열 냥 주고 사 가겠다는 사람은 없을 것이다. 하지만 이미 위연호를 찾는 데 금자 백 냥이라는 거금을 건 사람들이 있었다.

'갑자기 보고 싶네.'

전혀 관계없는 대화에서 가족을 생각하게 되다니, 위연호는 마음이 싱숭생숭해지는 것을 느꼈다.

지금쯤 뭐 하고 있으려나?

아마 지금쯤이면 편지가 광동에 도착했을 것이다. 그럼 둘째 아들이 살아 있다는 것을 알았을 테니 다들 기뻐하고 있겠지.

아마 형은 자신을 잡아 패버리겠다며 길길이 날뛰고 있을 것이고, 수련이는 징징 짜고 있을지도 몰랐다. 엄마야 당연히 좋아서 어쩔 줄을 몰라 할 것이고.

'아버지야 알 게 뭐냐.'

어차피 다시 본다고 해도 위정한이야 며칠을 버티지 못하고 위연호에게 잔소리를 퍼부어 댈 것이 틀림없었다.

안 봐도 빤하지!

그러니 될 수 있으면 늦게 만나는 것이 이득이겠지만…….

'보고 싶네.'

위연호의 눈이 아련해졌다.

그래도 자식이랍시고 게으름뱅이에게 매끼 밥 챙겨주고, 돌봐주고, 쓰다듬어 주던 사람들이었는데…….

마귀를 만나기 전에는 그 소중함을 몰랐지만, 동굴에서

보낸 오 년의 세월은 위연호에게 가족의 소중함을 일깨워 주었다.

'이번에 집에 돌아가게 되면 게으름을 좀 줄여봐야겠어.'

평범한 사람처럼 살겠다는 허무맹랑한 꿈은 꾸지 않지만, 적어도 조금은 더 부지런하게 살아야겠다는 생각이 들었다.

"그러면 좀 좋아하시려나?"

"뭔 소리를 혼자 중얼거리고 있는 겁니까!"

진소아가 어느새 물을 떠 와 위연호에게 내밀고 있었다. 위연호는 뚱한 얼굴로 진소아를 바라보았다.

"확 그냥……."

"냉수예요!"

진소아가 위연호의 말을 끊으며 시원한 냉수를 내밀었다.

위연호는 두말 없이 냉수를 받아 들이켰다.

"캬!"

시원한 냉수가 속에 들어가자 가족이고 뭐고 잡생각이 순식간에 날아간다.

"그래서……."

탁!

냉수 그릇을 탁자 위에 올려놓은 위연호가 강천립과 독

비를 보며 말했다.

"뭘 하면 되나요?"

강천립이 뒤로 한 발 물러섰다. 이제부터는 독비의 영역인 것이다.

"그건 내가 정할 일이 아니군. 네가 정해야 하지 않겠느냐?"

독비가 자신감이 가득한 태도로 입을 열었다.

"어떤 도박이든 좋다. 종목을 정해라."

"오오오오."

지켜보던 이들은 독비의 호기로움에 다들 감탄을 했다.

세상에 도박의 종류가 어디 하나둘이든가. 수십, 수백 가지의 도박이 지금도 벌어지고 있다. 그런데 종목을 상대에게 정하라니.

어떤 도박이 나오든 그에 대해 통달했다는 자신감이 우러나오는 모습이었다.

"제가요?"

"그렇다."

위연호는 고개를 갸웃했다.

뭔가 고민하는 듯 턱을 슬슬 긁던 위연호가 한참이 지나고서야 마침내 입을 열었다.

"그런데 저는 아는 도박이 없는데요?"

"도, 도박을 모른다고?"

"예. 여기도 오늘 처음 온 거라……."

독비의 눈이 지진이라도 난 것처럼 떨렸다.

오늘 도박장에 처음 왔다고?

그럼 처음 도박장에 와서 도박을 했는데 음양에서 십 연승을 하고 그의 반대편에 앉은 것이란 말인가.

'도신인가?'

도박의 신이 강림한 것이 아니고서야 그런 일이 벌어질 수 있을 리 없었다.

"거짓말하지 마라! 그런다고 내가 방심할 것 같더냐?"

"제가 왜 거짓말을 해요. 믿기 싫으면 믿지 마시든가요."

독비가 떨떠름한 얼굴로 위연호의 표정을 살폈다.

'거짓말은 아닌 것 같은데…….'

슬슬 불안함이 밀려오기 시작한 독비였다.

* * *

허세가 틀림없다고 생각했다.

도박을 모르는 이가 도박장에 찾아와서 그 많은 돈을 따낼 수는 없다. 그게 상식이었다.

그러나 부정할 수 없다는 것 역시 사실이었다.

'저 나이에 도박에 통달할 수는 없다.'

저 어린놈이 도박을 해봤자 얼마나 했겠는가. 더구나 음양은 금화장의 독문 도박이었다. 다른 곳에서 미리 익히고 올 수는 없는 것이다.

혹여나 정보를 빼냈다고 해도 이쪽 음양에 쓰이는 쇠구슬의 무게와 재질을 똑같이 흉내 낼 수는 없다. 결국 속임수를 쓸 방법이 없다는 것이다.

'침착하자.'

아까부터 자꾸 저 태연한 소년의 태도에 말려 들어가는 느낌이었다.

도박이란 승부를 알 수 없기 때문에 도박이었다. 노련한 꾼이 신출내기에게 무너지는 일도 흔히 벌어진다. 반드시 이길 수 있는 도박이라면 무슨 재미로 하겠는가.

"그럼 아는 종목이 없다는 거로군?"

"아!"

그 순간, 위연호가 손뼉을 쳤다.

"아까 들은 것 중에 그마나 제가 할 수 있는 도박이 하나 있긴 하네요."

"무엇이냐?"

위연호가 씨익 미소를 지었다.

"바둑 둘 줄 아세요?"

*　　*　　*

"출발하자."

위산호는 주섬주섬 짐을 챙겼다.

"……하루만 더 있다 가면 안 되냐?"

"거지가 침상에서 잠을 자더니, 게으름만 늘었구나."

"너희 집안사람이 다른 사람의 게으름을 욕할 처지가 못 될 텐데?"

"할 말이 없군."

위연호를 동생으로 둔 사람이 다른 사람의 게으름을 탓할 수 있을 리가 없었다.

"집안 내력은 아니다."

"알아."

위산호가 부지런한 것은 유명했다.

학관에 들어간 이후로 밥 먹고 자는 시간을 제외하면 모든 시간을 수련에 투자한다는 소문이 있을 정도로 위산호는 부지런한 무공광이었다.

장일 역시 위연호를 직접 보지 못했다면 광동위가에서 그런 게으름뱅이가 나왔다고는 절대 생각할 수 없었을 것이다.

위산호가 한 번씩 '내 동생은 천하에 짝을 찾아볼 수 없는 게으름뱅이다'라고 말을 하긴 했지만, 장일은 그 말이 과도하게 부지런한 위산호가 평범한 동생을 나무라는 말이라고 생각했다.

하지만 진짜로 천하의 게으름뱅이가 위산호의 동생일 줄이야.

'사람 일은 모른다더니…….'

위산호만 부지런했다면 그래도 반쯤은 믿어주었을지 모른다. 하지만 위산호의 아버지가 누구던가.

그 정협검 위정한의 아들이 게으름뱅이라는 사실을 누가 믿을 수 있겠는가.

"진짜 친동생은 맞냐?"

"확실하다."

"그런데 어떻게 성격이 그렇게 다르지?"

"연호만 그런 것이 아니다."

"응?"

"수련이도 나와는 성격이 전혀 다르다. 우리 삼남매는 다들 성격이 다르다."

"일반적인 이야기 같으면서도 이상한 이야기 같군."

"잡담은 그 정도로 됐으니, 그만 일어나시지."

"끄으응."

장일은 느릿하게 허리를 일으켰다.

우드드득.

"가, 간만에 침상에서 잤더니, 허리가……."

위산호는 그 광경을 가만히 지켜보았다.

"알았어! 일어난다! 일어난다고!"

바늘로 찔러도 피 한 방울 안 나올 놈 같으니.

그래도 위연호는 인간적인 면이 좀 있었는데…….

위연호와 있을 때는 짜증이 터졌다면, 위산호와 있을 때는 가슴이 절로 갑갑해져 오는 기분이었다.

'하여튼 위가랑은 상종을 말아야 해.'

이쯤 되니 정협검이 어떤 사람인지 사적으로 궁금해질 지경이었다.

천하에 명성 높은 정협검은…….

"네 아버지는 어떤 사람이냐?"

"아버지?"

장일은 말없이 고개를 끄덕였다. 생각해 보면 정협검에 대해 가장 잘 아는 사람이 바로 여기에 있지 않은가.

"아버지라……."

위산호는 뭔가 골똘히 생각하는 듯하다가 대답했다.

"천하의 대협이시지."

"그거야 누구나 아는 것이고."

"천상 무인이시고."

"음……."

"그리고 자상하신 아버지다."

"……."

"말로 정의 내리기는 모호한 분이다. 때로는 태산 같지만 더없이 소탈하시고, 냉정한 듯 보이지만 따뜻한 분이지."

"그럼 단점이 없는 사람이란 거네? 아무리 아버지라지만 점수가 너무 후하군."

"치명적인 단점이 있으시지."

"그게 뭔데?"

장일은 슬그머니 위산호를 찔러갔다.

위산호가 분위기에 말려서 대답을 해준다면 재미있는 정보를 얻을 수 있을 것 같았다.

하지만 위산호의 대답은 그의 예상을 완전히 빗나갔다.

"공처가."

"응?"

"더없는 공처가시다. 차라리 마교가 재발호하는 걸 반기실 테지. 집에 마교 교주보다 무서운 어머님이 계시니까."

"크하하하하하핫!"

장일은 배를 잡고 침상 위를 굴렀다.

마인이나 악인들에게는 지옥의 저승사자보다 더 무서운 존재라는 정협검이 공처가라니. 이게 말이 되는 소린가.

"진짜야?"

"그렇다."

위산호는 바로 고개를 끄덕였다.

"어머니가 굉장히 무서우신 분인 모양이구나."

"아버지에게만."

"그래?"

"나나 연호에게는 더없이 따뜻하신 분이다."

"흐음……."

"그러니 이제 슬슬 일어나는 게 어떨까?"

장일은 슬그머니 침상에 걸터앉았다.

"이보게, 산호."

"말해라."

"이미 해가 중천에 떴는데, 우리 그냥 점심은 먹고 출발
하는 것이……."

"자네가 평소 비무에 관심이 많은 줄은 익히 알았으나,
이런 식으로 비무를 신청해 올 줄은 몰랐네. 그럼 밥 먹기
전에 어디 한판 어울려 보실까?"

"바로 가세, 바로! 뭘 지체하고 있는가!"

"쯧쯧."

위산호는 고개를 절레절레 저으며 방 밖으로 뛰쳐나가는
장일의 뒤를 따랐다. 하지만 안타깝게도 위산호는 바로 출
발할 운명이 되지 못하는 모양이었다.

"기침하셨습니까?"

방문 앞에서 문은지를 만난 위산호가 고개를 꾸벅 숙였다.

"밤새 잠자리가 불편하지는 않으셨는지 모르겠습니다. 급히 준비한 잠자리이니, 혹여 불편함이 있으셨더라도 넓은 마음으로 이해해 주시면 감사하겠습니다."

"배려해 주신 덕분에 편히 쉬었습니다."

위산호가 다시 한 번 고개를 꾸벅 숙이는 모습을 본 문은지는 자신도 모르게 고개를 끄덕이고 말았다.

이래야지! 사람이면 이래야지!

이게 사람이고, 이게 기본인 것인데!

같은 배에서 난 형제인데, 형은 아는 것을 왜 동생은 모른단 말인가.

"식사가 준비되었습니다."

"배려에는 감사드리나 먼 길을 가야 하는 입장이라 서둘러 출발하고 싶습니다."

"동생분을 찾아가시는 마음을 모르는 바는 아닙니다. 하나 주인에게 주인의 예의가 있다면, 객에게는 객의 예의가 있는 법이 아닐지요. 아버님께서 두 분을 기다리고 계십니다. 바쁘다 사양 마시고 청한 자리를 한 번 들러주심이 어떠실는지요?"

위산호는 똑 부러지는 문은지의 태도에 감탄했다.

'규방 규수란 이런 것인가.'

항상 거친 무인들 사이에서 살아온 위산호에게 예의 바르면서도 당당함을 잃지 않는 문은지의 태도는 매우 인상적이었다.

물론 위연호가 들었다면 사람 보는 눈이 그렇게도 없냐면서 거품을 물고 발악을 했겠지만 말이다.

'연호와 좋은 짝이 될 수 있을 터인데……'

사람 같지 않은 자신의 동생은 이런 똑 부러지는 규수를 만나야 하는 법이다.

하지만 인연이 있다면 이미 이어졌을 터.

위연호가 이곳을 떠나 버린 순간에 인연은 이미 끊어진 것이나 다름없었다.

"객이 비례를 저지르고 또 한 번 실례를 할 뻔했습니다. 모쪼록 아버님과 식사를 할 수 있도록 해주시겠습니까? 간밤에 끼친 폐를 사죄드리려 합니다."

"사죄는 당치도 않습니다. 아버님께서 기다리고 계시니 이쪽으로 오시지요."

문은지가 앞서 걸어가자 위산호는 고개를 끄덕이고는 뒤를 따랐다.

"그런 간지러운 말투는 어디서 배웠냐?"

위산호는 예의를 가르쳐야 할 사람이 그의 동생만이 아님을 실감했다. 이 거지 놈 역시 예의라고는 쪽박 깨질 때같이 길거리에 내버린 것이 틀림없었다.

"너도 한 일파의 수장이 될 사람이다. 아무리 개방이 거지들의 모임이고 자유로움을 숭상한다고 하나 매번 편한 사람만을 만날 수는 없는 법이다. 최소한의 예의를 배우고 다른 이의 기분을 상하게 하지 않는 대화법을 배우지 않는다면, 크게 고초를 치를 날이 올 것이다."

"우리 왕거지는 나보다 더 심한데?"

"······."

위산호는 입을 다물어 버렸다.

앓느니 죽지.

"어서 오십시오."

문유환이 부드러운 미소로 위산호와 장일을 맞았다.

문 안으로 들어선 위산호는 깊게 읍을 하여 예를 표했다.

"불청객을 이리 환대해 주시니 몸 둘 바를 모르겠습니다. 간밤에 끼친 폐를 사죄하러 들렀습니다."

"사죄라니요. 큰 손님이 오셨는데 들러보지도 못한 이 사람을 용서해 주시기 바랍니다. 너무 늦은 밤이라 편히 쉬게 두는 것이 나을 거라 생각했습니다."

"어, 음······."

장일은 인사도 하지 않고 뭔가 골똘히 생각하더니, 입을 쩍 벌렸다.

"잠시만요. 원주님이십니까?"

"그렇습니다. 미력하나마 한림대장원의 원주를 맡고 있는 문유환이라고 합니다."

"사, 삼절대학사!"

장일이 허리를 구십 도로 꺾으며 우렁차게 인사를 했다.

"거지 장일입니다! 삼절대학사를 뵙게 되어 무한의 영광이옵니다!"

위산호는 장일의 태도를 보고는 다소 놀라 침음을 삼켰다.

저 예의 없는 거지가 저렇게 놀라 인사를 할 정도라면 눈앞의 이 사람이 보통 사람이 아니라는 뜻이었다.

"과례는 비례라 했습니다. 부족한 사람을 이리 띄워주시면 제가 너무 불편합니다."

"천하의 삼절대학사가 부족하다 하시면 저 같은 거지는 황하에 뛰어들어 콱 죽어야 하지 않겠습니까?"

"하하하, 재밌는 농을 하시는군요. 시장하실 텐데, 일단 식사부터 하시지요."

"예."

위산호와 장일은 자리에 앉았다.

식탁에 차려져 있는 음식은 화려하진 않지만 정갈한 것이, 한림대장원이라는 곳이 어떤 곳인지를 보여주고 있는 것 같았다.

위산호는 장일의 반응에 이 자리가 불편해지기 시작했기에 마음껏 음식을 들 수 없었지만, 장일은 음식이 나오자마자 말 그대로 거지처럼…… 아니, 거지답게 음식을 퍼먹기 시작했다.

"쩝쩝! 쩝! 아구아구! 아고, 이거 맛나는군요!"

보다 못한 위산호가 장일의 발을 꾹 밟았다.

"아야! 야, 왜 사람 발을……."

금방이라도 귀화(鬼火)가 뚝뚝 떨어질 것 같은 위산호의 눈을 본 장일이 조심스레 젓가락을 내려놓았다.

"정말 맛있게 먹었습니다."

장일이 식욕이 뚝 떨어진 얼굴로 말을 하자 문유환이 빙그레 웃었다.

"더 들어도 괜찮습니다. 드시지요."

"……거지는 공짜 밥을 좋아하기는 하지만, 또 공짜 밥만 너무 먹으면 또 배탈이 나는 게 거지라서요."

문유환은 이해한다는 듯 고개를 끄덕이더니 위산호를 보며 입을 열었다.

"위연호 소협의 형님분이라고 들었습니다."

"예. 제가 그 못난 놈의 형 되는 사람입니다. 연호가 이곳을 거쳐 갔다고 들었습니다. 형으로서 동생이 저질렀을 무례를 대신 사과드립니다."

"허허허, 무례라니요. 우리는 동생분께 큰 은혜를 입은 사람들입니다."

"은혜요?"

위산호가 영문을 모르겠다는 투로 말하자 문유환이 천천히 이곳에서 벌어진 일들을 설명해 주었다.

문유환의 설명을 들은 위산호의 얼굴이 점점 굳어가기 시작했다.

마침내 설명이 끝이 나자 위산호가 자리에서 벌떡 일어나더니 문유환을 향해 깊게 고개를 숙였다.

"동생을 제대로 가르치지 못한 제 탓입니다. 연호가 저지른 무례는 제가 대신 사과드리겠습니다."

문유환은 어색하게 웃을 수밖에 없었다.

"제가 말씀을 잘못 드린 모양입니다. 저희는 동생분께 도움을 받은 것입니다."

"불의를 보고도 바로 돕지 않은 것은 무가의 자손으로서 잘못된 것이고, 온당히 해야 할 일을 하고도 대가를 바라는 것은 무뢰배나 하는 짓입니다. 저희 광동위가가 다른 이들 앞에서 명문이라 말하기에는 부족함이 많지만, 도리의 의기를 잃지 않고 살아왔다고 생각합니다. 어릴 적에 집을 나가 가르침이 부족한 아이이니, 부디 넓은 마음으로 이해해 주시기 바랍니다."

"으으음……."

문유환은 자신도 모르게 고개를 끄덕이고 말았다.

말 하나하나가 틀린 것이 없고, 고개를 숙이고는 있으나 당당하기 그지없다.

'이상한 일이로군.'

이러한 가풍에서 어떻게 위연호처럼 자유로운 영혼이 났는지 신기하기까지 했다.

"그래, 동생을 찾아가신다고 했습니까?"

"예."

"그럼 이 말학이 한 가지 말씀을 드려도 되겠습니까?"

"예?"

위산호의 살짝 당황한 얼굴을 보며 문유환은 빙그레 미소를 지었다.

"제가 동생분을 오래 만난 것은 아니지만, 나름 여러 사건을 겪어 어느 정도는 안다고 할 수 있습니다. 참 재기발랄한 청년이더군요."

"과한 말씀이십니다."

"다만······."

문유환이 조금 굳은 얼굴로 바라보자 위산호는 알 수 없는 압박감이 자신을 내리누르는 것 같다는 느낌을 받았다.

'큰사람이구나.'

왜 장일이 그리 크게 고개를 숙였는지 알 것 같았다. 이런 사람이라면 당연히 합당한 대접을 받을 가치가 있었다.

삼절대학사라는 이름으로 불린다더니, 그 이름이 헛되지 않은 모양이었다.

"제 생각에는 한 가지 문제가 있는 듯합니다."

"어디 문제가 하나뿐이겠습니까."

문유환은 천천히 고개를 저었다.

"제가 말하는 문제는 동생분에게 있는 것이 아닙니다."

"그게 무슨 말씀이신지?"

"대기라는 말을 알고 계십니까?"

"……대기(大器)라 하셨습니까?"

"대기(大器)는 인간의 규격으로 가둘 수 없기 때문에 대기라고 하는 것입니다. 귀 가의 가풍과 귀하의 성정으로 미루어 볼 때, 동생분을 틀에 맞추려 들 것입니다. 하지만 그것은 동생분을 망치는 일에 지나지 않습니다. 개가 들어가야 할 집에 말을 구겨 넣다 보면 말은 말대로 다치는 것이고, 밀어 넣는 이들도 다치는 법입니다. 그대로 내버려 두고 자유로이 놓아주십시오. 그럼 초원을 질주하는 말을 보며 미소를 짓게 될 날이 올 겁니다."

위산호는 선뜻 대답을 하지 못했다.

너무 뜻밖의 말이기도 하고, 쉽게 그러리라 할 수 있는 말도 아니었기 때문이다. 문유환은 다 이해한다는 표정으로 미소를 짓더니 입을 열었다.

"바쁘신 분들을 너무 잡아놓았나 봅니다. 제가 자리를 파하지 않으면 잡아두는 것밖에 안 되겠지요."

위산호가 자리에서 일어나 고개를 숙였다.

"배려에 감사드립니다. 해주신 조언은 곱씹고 곱씹어보 겠습니다."

"잊어도 되는 말입니다."

자리가 대충 정리되자 위산호와 장일은 문유환과 문은지 의 배웅을 받으며 한림대장원을 나섰다.

"뭘 그렇게 뚱한 표정이야?"

"아니다."

위산호는 대수롭지 않다는 듯 손을 휘저었다.

등 뒤에서 그들을 배웅하는 문은지와 문유환을 슬쩍 돌 아본 위산호는 알 수 없는 얼굴을 하고는 발걸음을 재촉했 다.

"장일."

"응? 왜?"

"삼절대학사 문유환이라는 사람은 어떤 사람이냐?"

"신상명세부터 읊어줘?"

"평가만."

장일은 뭔가 정리하는 듯하더니, 이윽고 입을 열었 다.

"학문은 하늘에 닿아서 새로운 유파를 창설할 정도이며, 성격은 소탈하기 짝이 없어 수많은 초청에도 불구하고 어느 곳에도 몸을 담지 않는 분이시다. 황궁에서도 그를 초빙하려 들지만, 매번 자신의 학문이 부족하다는 이유로 거절하고 계신 분이지. 인세에 거하는, 신선 같으신 분이다."

"……굉장한 평가군."

장일은 당연하다는 듯 힘주어 고개를 끄덕였다.

"수많은 정보를 살피다 보면 살아온 행적으로 인품을 짐작할 수 있는 법이지. 저분은 그 인품만으로도 존경 받을 가치가 있으신 분이다."

"그래, 그렇군."

위산호는 한 가지 질문을 추가했다.

"네가 본 내 동생은 어땠냐?"

"네 동생?"

"그래."

장일은 생각할 것도 없다는 듯이 악담을 늘어놓았다.

"솔직히 니 동생이니까 그래도 사람 취급을 해주는 거지, 너하고 연관이 없었다면 나는 그 인간 사람으로 안 봤을 거다. 게으르기는 그 끝이 없고, 악독하기는 마두가 따로 없으며, 간교하기는 내관보다 더 하고, 그 무엇보다…… 재수가 없다."

“······.”

위산호에게서 날아들 주먹을 대비하여 뒤로 훌쩍 물러났던 장일은 위산호가 딱히 반응이 없자 조심스레 다가가 옆구리를 쿡, 찔렀다.

“왜 그래?”

“······그래, 보통 그게 제대로 된 반응이란 말이지.”

“응?”

“내 동생이긴 하지만, 다른 사람이 연호를 보게 된다면 그런 반응이 나오는 것이 맞다. 인정할 것은 인정해야지.”

“아, 너 아까 저분이 하신 말씀 때문에 그러는 거구나?”

“으음······.”

위산호는 조금 전 있은 대화를 떠올려 보았다.

“이해할 수 없군.”

“야, 나도 기가 차서 죽는 줄 알았다. 뭐 말? 대기? 그게 니 동생한테 가당키나 한 말이냐?”

“······그래, 그게 범인의 반응이란 말이다.”

“응?”

위산호는 대답하지 않고 골똘히 생각에 잠겼다.

‘연호의 비범함은 보통 사람이 알아볼 수 없다.’

위산호도 위연호와 함께 살아온 세월이 적었거나 혈연으

로 이어져 있지 않았다면 연호를 구제할 수 없는 게으름뱅이쯤으로 보았을 것이다.

그런데 그 짧은 세월을 함께한 타인이 위연호의 비범함을 알아보았다는 것은 사람을 보는 눈이 입신의 경지에 올라 있다는 뜻이기도 했다.

'그게 아니면 과거와는 다르게 연호가 확실히 달라졌다는 뜻이거나.'

문유환의 설명에서 게으름이 묻어나기는 했지만, 위연호에게 있어서 게으름이란 평생을 안고 살아가야 하는 숙제와도 같았다. 중요한 것은 다른 부분이 어떻게 달라졌느냐 하는 것이었다.

"빨리 만나보고 싶군."

"응?"

"서두르자!"

"헐, 이놈아! 지금부터 간다고 해도 곧 해가 진단 말이다! 어차피 이리된 거, 천천히……."

"하룻밤 야행한다고 해서 죽지는 않는다. 잠은 내일 자도 충분하다. 가자."

"……저 마구니 같은 놈."

장일은 한숨을 몇 번이나 내쉬고는 앞서가는 위산호를 쫓았다.

'하지만 재미있을 것 같단 말이지.'

이 두 형제를 따라다니면 앞으로 재미있는 일이 끊이지 않을 것 같은 기분이 들었다.

*　*　*

"바둑이라고 했느냐?"

"네."

"바둑이라니, 바둑……."

독비가 하나뿐인 팔을 들어 까칠하니 자라나 있는 수염을 매만졌다.

"바둑을 도박이라고 할 수 있을까?"

"돈 걸고 승부를 겨루는 게 도박 아니에요?"

"그렇지."

"그럼 바둑도 도박이죠."

문유환이 들었으면 '내가 사람을 잘못 보았구나!' 하고 입에 거품을 물 말이었다. 하지만 이 자리에는 문유환이 없으니, 못할 말이 없는 법이다.

"바둑이라……."

독비가 낮게 코웃음을 쳤다.

"내가 너와 바둑으로 승부하는 것이 두려워 이런 말을 한다고 생각하지 마라. 나는 어떤 승부든 마다하지 않는 사람이다. 하지만 아무래도 바둑은 시간이 너무 오래 걸린다."

"빨리 두면 되죠."

"아무리 빨리 둔다고 해도 반 시진은 걸린다. 한 판에 모든 것을 다 걸 셈이냐?"

"그럼 안 될 이유라도 있나요?"

"있지."

독비는 확신에 찬 어조로 말했다.

"조금은 더 천천히 즐겨야 네가 금화 스무 냥을 잃어버리는 기분은 맛볼 것 아니냐. 단 한 판으로 모든 것이 결정나버린다면 그 참맛을 즐길 수가 없다."

"참맛?"

"아주 천천히 모래가 빠져나가듯 돈이 빠져나갈 때, 피가 마르는 심정을 느끼게 되는 법이지. 그래야 다시는 이 바닥에 얼씬도 하지 않게 될 거다."

위연호는 조금은 감동한 듯한 얼굴로 독비를 바라보았다.

"걱정해 주시는 거예요?"

"으응?"

"이 바닥에 다시는 얼씬도 하지 않게 해주신다면서요?"

"그, 그렇다."

"그럼 걱정해 주시는 것 맞잖아요. 도박판이야 얼씬하지 않는 게 좋은 거 아니에요?"

독비는 꿀 먹은 벙어리가 되었다.

물론 도박이야 안 하는 게 제일 좋은 것이고, 도박장에는 출입하지 않는 것이 군자의 도리이다.

말을 하자면 그게 맞는데…….

"아저씨도 좋은 사람이네요. 호북에는 참 좋은 사람이 많은 것 같아요."

삼십 년 동안 전문 도박꾼으로 수많은 이들을 파산시키고 목숨을 앗아오던 독비가 졸지에 아이의 미래를 걱정하는 좋은 사람이 되는 순간이었다.

"이 동네는 마음 좋은 아저씨들이 다들 인상이 험하네요. 사부님이 사람 인상으로 고정관념을 가지는 것은 매우 바람직한 일이라고 하셨는데, 사부님이 틀리셨나 봐요."

"잠깐만요."

진소아가 위연호의 말에서 이상한 점을 찾았다.

"스승께서 사람 얼굴로 고정관념을 가지는 것이 옳다고 하셨다구요?"

"응."

"어째서요? 보통은 반대 아닙니까?"

"아닌데. 우리 사부는 그게 맞다던데?"

"네?"

"에, 그러니까, 사부가 뭐라고 했냐면…….."

위연호는 잠시 생각을 정리하고는 청산유수처럼 말을 풀

어내기 시작했다.

"얼굴이 험악하게 생긴 사람이 마음이 착하면 자신의 인상으로 남에게 위협을 가하지 않기 위해서 웃고 다닐 것이고, 웃고 다니는 사람은 인상이 나쁠 리가 없다. 그러니 착한 사람은 인상이 좋아진다. 원래 좋거나 나빠도 웃으니까."

"에……."

"그리고 여자는 예쁜 게 착한 거래."

"헐……."

진소아는 삿대질을 했다.

"그게 뭡니까!"

하지만 주변 남자들은 반응이 조금 달랐다.

"사부님께서 현명하셨구만."

"그렇지. 예쁜 게 착한 거지."

"그냥 하는 말이 아니라, 예쁜 애들이 진짜 착하더라고. 내 마누라는 얼굴이 못생겨서 그런지, 사람을 못 잡아먹어 안달이야."

심지어 독비마저 고개를 주억거리고 있었다.

"그렇지, 암."

진소아가 울상이 되었다.

'여기 이상해.'

애초에 정상적인 삶을 사는 사람이 도박장을 들락거릴 리가 없으니, 이상한 게 당연했다.

"여튼 그러니 걱정해 주신 대로 다른 도박을 하기로 해요. 생각하시는 도박이 있으신가요? 빨리 끝나는 걸로요."

물론 위연호가 독비의 의견을 받아들여 바둑을 두지 않기로 한 건 아니었다.

그런 이유로 반드시 이길 수 있는 승부를 포기할 만큼 위연호는 마음이 곱지 못했다. 아무리 독비가 난다 긴다 하는 도박꾼이라 해도 한림기성이라 불리는 위연호를 바둑에서 이길 수야 있겠는가.

그 모든 것을 뒤로하고 바둑을 포기한 이유는 단 하나였다.

'너무 오래 걸려.'

자꾸 눈이 감기고 있었다. 하루 동안 해야 할 말과 움직여야 할 행동을 모두 소모한 위연호는 더 이상은 뭔가를 하고 싶지가 않았다.

깔끔하고 빠른 한판.

그것이 지금 위연호가 원하는 도박이었다.

"빨리 끝나는 것이라……. 기껏 배려를 해주었는데 아무것도 깨닫지 못한 모양이구나. 그렇다면 좋다."

독비가 하나 남은 팔을 들어 올려 어딘가를 가리켰다.

"내가 추천하는 도박은 바로 저것이다."

독비가 가리킨 곳을 향해 중인들의 시선이 집중되었다.

"주사위?"

중인들이 웅성거리기 시작했다.

"주사위라니, 너무 평범한 것 아닌가?"

"하지만 가장 확실하기도 하지."

"주사위는 고수와 하수의 실력 차가 가장 두드러지는 도박 아닌가. 저 소년이 독비를 상대할 수 없을 텐데?"

"뭔 도박인들 독비를 상대할 수 있겠어? 차라리 주사위가 낫지. 그리고 다른 도박의 규칙도 잘 모른다잖아. 복잡한 규칙이 있는 도박보다야 주사위가 훨씬 공평하지."

시간이 조금 지나자 여론은 주사위를 선택한 독비를 찬양하는 쪽으로 바뀌어갔다.

"정정당당하군."

"역시 독비야."

위연호는 그러한 반응을 보며…… 반쯤 잠들어 있었다.

"이, 일어나시오!"

"이 상황에서 잠이 오신다는 말이오!"

중인들이 놀라 위연호에게 소리쳤다.

"으응……."

위연호가 들어 올려지지 않는 눈꺼풀을 억지로 밀어 올

렸다.

"……그냥 내일 하면 안 될까요?"

"여기까지 와서 그게 무슨 말씀이십니까! 안 됩니다."

강천립이 절대불가를 밝혔다.

"끄응."

위연호는 영 죽을 맛이었다.

"힘든데."

"뭘 했다고 힘들단 말입니까! 이제 겨우 이곳에 온 지 한 시진도 되지 않았습니다."

"그래도 힘든 건 힘든 거죠."

"그래도 안 되는 건 안 되는 겁니다."

"쳇."

위연호가 의자에 등을 깊숙이 파묻고는 고개를 끄덕였다.

"정 그렇다면 빨리 끝내고 가는 수밖에 없겠네요."

위연호가 투지를 불태우기 시작했다.

"언제 시작하나요?"

독비는 어이없다는 듯 주먹을 쥐었다 폈다.

이놈은 자기를 마음만 먹으면 언제든 처리할 수 있는 호 구쯤으로 보는 모양이었다.

"원한다면 지금 당장 시작해 주지. 그런데 규칙은 알고 있느냐?"

"몰라요."

위연호가 고개를 저었다.

"……주사위에도 수많은 방식이 있다. 어떤 방식이 좋겠느냐?"

"모르는데요."

그럼 뭘 하자고?

독비는 황당함에 말을 잇지 못했다.

아무것도 모른다면서 뭘 자꾸 하자고 하는 건지도 모르겠다. 그러면서 귀찮아 죽겠다는 저 표정은 또 뭔가.

"끄응."

독비는 어쩐지 이런 소년과 도박을 해야 하는 자신이 한심하게 느껴졌다.

"간단하게 가자."

"네?"

"이 여섯 개의 주사위를 굴려서 더 많은 수가 나오는 쪽이 이기는 거다."

"매우 간단한 방법이네요. 좀 더 복잡한 건 없나요?"

"네가 복잡한 걸 할 수 있겠느냐?"

"그냥 물어본 건데요. 궁금해서."

독비는 심호흡을 하면서 뛰는 심장을 진정시켰다.

승부에 대한 긴장으로 심장이 뛰어본 적이야 많지만, 도박판을 앞에 두고 열이 받아서 이리 심장이 뛰는 건 처음인 것 같다.

"방식은 주사위에서 합이 높은 쪽이 이기는 것으로 한다! 이의 있느냐?"

"아뇨."

"마지막 한 냥까지 한쪽이 모두 따낼 때까지 승부를 지속한다. 이의 있느냐?"

"있는데요?"

"뭐냐?"

"한쪽이 다 못 따면 어떻게 되는 거예요? 계속 도박을 해야 하나요? 빨리 끝내고 가고 싶은데?"

"그럴 일은 없다. 판돈은 한 판이 끝날 때마다 두 배씩 올라간다. 그러니 승부는 반드시 끝이 난다."

"그걸 미리 말해줬어야죠. 설명이 왜 그래요?"

"지금 말하려고 했다! 지금! 지금 말하려 했단 말이다, 이 거북이 같은 놈아!"

"아니, 왜 갑자기 욕을 하고 그러세요? 듣는 사람 기분 나쁘게?"

독비의 이마에 핏대가 서기 시작했다.

"독비, 진정하게."

"크흐흐흐."

독비는 고개를 휘휘 저었다.

강천립의 강한 만류에 반쯤 정신이 들었다만, 순간적으로 정말 이성을 놓을 뻔했다.

"후우, 화를 내지 않으마."

"아뇨. 뭐, 딱히 사과하시지 않아도 괜찮아요."

"이해해 줘서 고맙네."

"이해한 거 아닌데요?"

"으응?"

"전 그냥 집에 가려구요."

"누, 누구 마음대로 간다는 말인가?"

"이 도박장에서는 도박하려는 사람한테 욕을 하면서 도박을 시키는 모양이죠?"

"응?"

"그래도 제가 손님인데, 욕 퍼먹고 도박을 할 수는 없는 거잖아요. 아버지가 말씀하시기를, 손님은 왕이 될 수는 없지만 종이 되어서도 안 된다고 하셨어요. 그런데 종도 다짜고짜 이런 욕을 먹을 것 같진 않거든요."

"……."

독비와 강천립은 꿀 먹은 벙어리가 되었다.

저 어버버하던 놈이 왜 갑자기 저렇게 말을 잘한단 말인가. 마치 다른 사람인 것처럼 말이다.

"만약에 제가 욕을 먹어가면서 도박을 했다는 것을 우리 아버지가 아시면 제 귀를 찢어버리려고 하실 거예요. 어쩌면 침상을 부수려 들지도 모르죠. 제대로 듣지도 못하고 한심하게 누워 있다면서요."

위연호는 몸을 부르르 떨었다.

생각만 해도 끔찍한 일이다.

"……아, 아버님 말인가."

강천립의 얼굴이 살짝 질렸다.

아무리 봐도 위연호는 고관대작의 아들인 것 같아 보이지 않는가. 이런 맹한 놈을 아들이랍시고 비단옷에 하인까지 딸려서 외유 보낼 사람이라면 보통 사람이 아닌 것은 틀림이 없었다.

그런 이의 귀에 자식이 도박장에서 뜬금없이 욕을 퍼먹고 돈까지 빼앗겨 쫓겨났다는 소식이 들어가게 되면?

'금화장은 박살이 난다.'

물론 금화장은 고관대작이 대놓고 부수려 든다고 해도 버틸 수 있는 저력이 있었다.

그들이 만들어놓은 줄이 하나둘인 것도 아니고, 그의 주인은 웬만한 고관대작쯤은 하룻밤 사이에 숙삭해 버릴 수 있는 사람이니까.

그렇다 해도…….

'금화장이 무사하다고 내 목까지 무사한 것은 아니지.'

괜히 눈길을 끌었다는 이유만으로도 강천립은 충분히 박

살이 날 수 있었다.

사태를 파악한 강천립이 독비의 옆구리를 쿡, 찔렀다.

'왜 그러십니까?'

'사과해.'

'제가 말입니까?'

'어서!'

강천립의 압박을 받은 독비가 몸을 부들부들 떨면서 위연호에게로 고개를 돌렸다.

"어서!"

강천립이 입까지 열어 재촉하자 독비가 진동하는 음성으로 말을 했다.

"소, 소협!"

"네?"

"제가 실……수를 저질렀습니다……. 이 방자한 입이 저지른 실수를 용……서해 주시길 바랍니다."

"흐음……."

위연호가 독비의 대답을 듣고 고민하는 듯하다가 가볍게 고개를 끄덕였다.

"어머니가 말씀하시기를, 사람은 누구나 실수를 하고 실수를 이해해 주는 아량을 가지는 것도 장부의 일이라고 하셨죠."

진소아가 손을 들었다.

"응?"

"아버지 아닙니까?"

"어머닌데?"

"보통 그런 말은 아버지가 하지 않습니까?"

"원래 보통 어머니는 그런 말을 해주고, 아버지는 잔소리를 하지 않나?"

위연호가 도통 왜 그러는지 모르겠다는 얼굴로 물어오자 진소아는 대답이 곤궁해졌다.

"……그렇죠."

"근데 왜 묻고 그래. 우리 아버지나 사부님이나, 남자들은 잔소리가 많아서 탈이라니까. 좀 여자들처럼 대범해져야 할 텐데."

"그, 그게 보통은 아니잖습니까."

"너도 그렇잖아."

"네? 제가 말입니까? 그게 대체 무슨 말씀이십니까!"

"너희 누나."

"아……."

성격만 보면 그의 누나가 그보다 몇 배는 더 장부 같다.

"그러고 보니 그 말이 맞는 것도 같고……."

진소아가 혼란에 빠져들었다.

"어쨌든 사과를 받아줘서 고맙네."

"별말씀을요. 그런데 시작은 언제 하나요? 이렇게 실랑이할 시간에 시작했으면 벌써 끝내고 집에 가서 자고 있을 것 같은데. 사람이 그리 게으르니 아직도 도박판에서 살고 있는 것 아니겠어요?"

뿌득.

독비가 다시금 이를 갈기 시작했다.

"독비, 진정하게."

"제가 흥분한 것 같습니까?"

"격장지계네, 격장지계!"

"……."

"판에서는 결코 흥분하면 안 된다는 걸 자네도 잘 알고 있지 않나. 상대를 어린 꼬마라 보지 말게. 도박판에서는 노인도 없고, 아이도 없고, 여자도 없다고 한 건 자네 아닌가."

"……장주님의 말씀이 맞습니다."

독비는 흥분한 자신을 다그쳤다.

도박판에서 흥분한다는 것은 절대 금물이었다. 너무도 당연한 일을 지키지 못한 것은 그의 실수였다.

'상대가 아이라고 방심했구나.'

그러지 않겠노라 했지만, 위연호가 너무 어리고 도박에

대한 경험이 없어 보이다 보니 자신도 모르게 지금 이곳이 돈이 날아가고 목숨이 날아가는 도박판이라는 것을 잊었던 모양이다.

"과했구나, 너무 과했어. 적당히 멈췄다면 내가 흥분한 상태로 상대했을지도 모르거늘. 격장지계는 좋았지만, 중용을 지키지 못했구나."

"……뭔 소리예요? 난 아무것도 안 했는데 혼자서 얼굴 뻘게지더니."

"끄으응."

독비는 뒤로 돌아서 몸을 웅크렸다.

'진정하자.'

뭐라고 할까.

말이 짜증 나는 게 아니었다.

'귀찮아 죽겠는데 내가 억지로 시간을 내서 너를 상대해 주고 있다'는 티가 역력한 저 얼굴이 독비의 이성을 자꾸 무너뜨리고 있었다.

"후우웁."

길게 숨을 빨아들인 독비가 자리에서 벌떡 일어나 몸을 돌렸다.

"장난은 끝이오, 공자. 이제는 진지하게 상대해 드리겠소."

"알았으니. 빨리 좀 하죠. 왜 이리 사설이 길어요?"

독비는 대꾸하지 않았다. 말을 섞으면 섞을수록 그가 말려 들어간다는 것이 명백해진 이상, 굳이 말을 섞어서 위연호를 이롭게 해줄 필요가 없었다.

"시작하시죠."

"그전에 확인 하나만 할게요."

"……또 뭐요?"

"판돈은 정해진 거예요?"

"더 걸 돈이 있으시오?"

"아뇨. 제가 다 땄는데 그쪽에서 판돈을 더 가져올 수도 있잖아요."

"후후, 그럼 판돈을 더 추가하지 않는 조건으로 해드리오?"

"아니요. 추가해도 되는 걸로 하죠. 대신에……."

"대신에?"

"반대쪽에서 지금 있는 돈을 다 땄다면, 다음 판을 할 건지 안 할 건지를 선택할 수 있는 조건으로."

"괜찮군."

그렇다면 어차피 선택권은 독비에게 오는 것이니, 독비가 거절할 이유가 없었다.

"그럼 시작하겠소."

"네."

진소아가 위연호의 어깨를 주물렀다.

"잘하실 수 있죠?"

"내가 뭐 못하는 거 봤냐?"

"……."

뭔가 꼬투리를 잡으려고 했는데, 생각해 보니 위연호가 손을 댄 것치고 못했던 것은 하나도 없었다는 생각이 든다.

처음 보는 환자도 척척 보았던 사람이 위연호 아닌가.

"잘하시리라 믿습니다."

"오냐."

위연호가 거드름을 피우며 그의 앞에서 준비되고 있는 도박판을 바라보았다.

이제 이들도 위연호의 게으름을 대충이나마 눈치를 챘는지 그의 앞에다가 도박판을 가져다 놓고 있었다.

"먼저 하시겠소?"

"아뇨. 먼저 하세요."

"선이 더 유리하오만?"

"……귀찮으니 뒤에 할게요."

보통은 이런 말은 심리전의 일종이지만, 위연호는 정말 귀찮아하는 것이 눈에 보였다.

"그럼 내가 먼저 놓겠소."

독비가 손을 들어 주사위 통을 잡았다. 그러고는 바닥에

놓인 주사위 여섯 개를 일수에 쓸어 담더니, 허공에서 현란
하게 흔들기 시작했다.

착착착착착착!

주사위가 흔들리는 소리가 경쾌하기 짝이 없었다.

"오!"

지켜보던 이들도 감탄했다.

"정말 현란하군!"

"눈이 돌아갈 지경이야."

'후후후후.'

독비는 슬쩍 미소를 지었다.

최고의 도수라 불리기 위해서는 그저 도박을 잘하는 것
만으로는 부족하다. 일류의 도수는 승부에서 이기는 것을
전부로 알지만, 최고의 도수는 판 자체를 만들어가야 한다.
현란한 기술로 주위를 현혹시키는 것 역시 도수가 갖춰야
할 미덕이었다.

'어떠냐?'

독비는 감탄하고 있을 위연호를 기대하며 고개를 돌렸다.

그러고는 벼락같이 소리쳤다.

"자지 말라고!"

"깜짝이야!"

반쯤 잠에 들어 있던 위연호가 화들짝 놀랐다.

"좀 조용히 깨워주셔도 감사할 텐데."

"끄으응."

독비는 도무지 눈앞의 놈을 이해할 수가 없었다.

지금까지 수십 년을 도박판에서 굴렀지만, 승부를 시작하고부터 잠을 자는 인간은 맹세컨대 이 인간이 처음이었다.

이놈에게는 긴장감이라는 것이 아예 없는 것만 같았다.

탁!

독비가 휘돌리던 주사위 통을 바닥에 내리꽂았다.

"일단 거시오."

"뭘요?"

"판돈을 거시란 말이오."

"아……."

위연호가 옆에 쌓여 있는 은자 하나를 독비의 앞에 내려놓았다.

"한 냥?"

"네."

"빨리 끝내고 싶다고 하지 않으셨소?"

"그랬죠. 그런데 제가 간이 작아서요."

독비는 가만히 위연호의 얼굴을 주시했다. 아무리 노련한 도박꾼이라고 하더라도 얼굴에 미묘한 감정은 드러나기 마련이지만, 위연호의 얼굴에서는 정말 아무것도 읽을 수 없었다.

"……그러시오."

어쩌면 독비는 지금 자신이 매우 위험한 상대와 도박을 하고 있는 것인지도 모르겠다는 생각이 들었다.

이러한 승부에 세계에서는 노련한 고수가 아무것도 모르는 초보에게 깨지는 일이 곧잘 일어난다.

서로 규칙을 이해하고 승리를 위해서 판을 짜는 경우에는 실력으로 승부가 갈리는 편이지만, 완전한 초보를 상대할 때는 그게 먹히지가 않는다.

고수들의 입장에서 보면 초보들의 수가 상식을 벗어나는 경우가 많다. 그러다 보니 대처도 안 되고, 당황하다가 지게 되는 일이 종종 있는 것이다.

그리고 지금 그의 앞에 있는 소년은 그 조건에 완벽하게 부합하고 있었다.

규칙도 잘 모르는 초보인데 감정도 읽히지 않고 하는 짓도 상식에서 벗어나 있었다.

'내 무덤을 팠는가?'

독비는 주사위 통을 잡은 손에 힘을 주었다.

하지만 정신만 바짝 차리면 된다. 아무리 위연호가 알 수 없는 상대라고 하더라도 그가 질 리는 없었다. 방심하고 상대를 얕잡아 보지만 않는다면 말이다.

'제대로 상대해 주지.'

독비가 주사위 통을 열었다.

삼, 사, 사, 삼, 사, 삼.

"오, 대단하군."

지켜보던 구경꾼 중 하나가 감탄했다.

"뭐가 대단한가? 그래봐야 열여덟 아닌가."

"모르는 소리. 독비 정도 되는 꾼이 대충 흔들어 내려놓았을 것 같나? 정확하게는 몰라도 아마 어느 정도 자신의 원하는 수를 만들어낼 수 있을 걸세."

"설마…… 그게 될 리가 있는가?"

"쯧쯧, 모르는 건 자넬세. 주사위에서 가장 높은 수가 몇인가?"

"육이지."

"육이 여섯이면 서른여섯이네. 그런데 지금 독비는 정확하게 열여덟을 만들어냈지. 첫판이니 반수만 넘겨도 상대가 이기게 해주겠다는 뜻일세. 상대의 실력을 알아보는 동시에 자신의 실력을 과시하는 것이지."

"듣고 보니 그런 것도 같고. 하지만 아무리 사람이 신출귀몰하다고 해도 주사위의 수를 자기 마음대로 만들 수는 없을 것 같네만."

"지켜보면 알게 되겠지."

다른 이들의 감탄과는 다르게 위연호는 독비가 만들어낸 수의 숨은 의미 따위에는 관심이 없었다.

"제 차례네요."

위연호가 주사위 통을 잡고 그 안에 주사위들을 쓸어 넣었다.

"쓱."

주사위 통 안에 든 주사위들을 바라본 위연호가 통을 뒤집어 두어 번 돌리더니 바닥에 찧었다.

쿵!

"……세 번은 돌리시지."

아무리 귀찮아도 그렇지, 성의가 너무 없지 않은가.

"세 번 돌려야 한다는 규칙이 있나요?"

"뭐, 그런 건 아니오만."

"그럼 됐죠, 뭐."

위연호가 주사위 통을 열었다.

일, 삼, 이, 육, 일, 이.

"열다섯."

독비가 미묘한 미소를 지었다.

"첫판은 내가 이겼소."

"어떻게 하는 건지는 알았어요."

"아셨다니 다행이오."

독비가 눈짓을 하자 옆에서 대기하던 도수가 위연호가 건 은자를 걷어 독비에게 밀었다.

"다음 판은 은자 두 냥입니다."

"네, 알아요."

위연호는 대수롭지 않게 대답했다.

하지만 상황은 곧 대수로워지고 말았다.

"……십 연패인데요?"

"그러네?"

"저, 정신 차리시란 말입니다!"

"그러게."

"방법이 없으십니까?"

"그렇지?"

"이러다가 파산합니다."

"그러게."

"야, 이 망둥이 같은 놈아!"

진소아가 발악을 하며 위연호의 멱살을 잡자 지켜보던 이들이 우르르 달려들어 진소아에게 다굴을 놓았다.

"이 하인 놈이 미쳤나!"

"어디 주인에게 큰소리야!"

"악! 악! 그게 아니라! 악!"

위연호는 매를 맞는 진소아를 보며 고개를 저었다.

"죄송합니다. 하인이랍시고 키우는 놓았는데, 천성이 워낙에 버릇이 없어서."

"그럼 맞아야죠!"

"패! 패!"

위연호는 실내에서 피어오르는 먼지에 소매를 들어 입가를 틀어막았다.

"적당히만 하세요. 그래도 천성은 착한 놈이니까요."

"크으, 어찌 저리 심성이 고우실까."

"그러게."

진소아는 매를 맞으면서도 억울함에 몸져누울 것 같았다. 아니, 이렇게 맞다 보면 억울함이랑 상관없이 몸져누울 것 같기도 하지만 말이다.

"사, 살려주십……."

"이 못된 놈 같으니!"

"네 주인이 마음이 착해서 병신이 안 된 건 줄이나 알아라!"

진소아는 발끈하여 소리쳤다.

"그건 아니지요!"

"이놈이 그래도 정신을 못 차리고?"

다시금 사람들이 우르르 진소아를 밟기 시작했다.

"쯧쯧쯧."

위연호는 그 광경을 보며 한숨을 내쉬었다. 그 와중에도 발끈하는 게 멍청한 건지, 저 지경이 되는 와중에도 결코 자기가 하인이 아니라는 말을 하지 않는 근성이 대단한 건지…….

참 재밌기도 하고, 미련하기도 한 친구였다.

하지만 지금은 그런 광경을 즐길 상황이 아니었다. 위연호는 다시금 도박판을 보며 턱을 괴었다.

'어디 보자······.'

그의 앞에 쌓여 있던 은자의 탑은 어느새 천 냥쯤으로 줄어 있었다.

시작할 때 금자 스무 냥. 그러니까 은자 이천 냥으로 시작한 것을 생각하면 대략 반을 잃은 것이다.

냉정하게 생각한다면 그가 원래 가지고 있던 돈은 금자로 열 냥. 남은 열 냥은 강천립이 빌려준 것이란 걸 감안한다면, 이미 그는 모든 판돈을 잃은 것이나 다름없었다.

"마지막 판이 될 것 같군요."

독비의 얼굴에는 꽤 여유가 생겨나 있었다.

"흐음······."

위연호는 의자에 등을 기대며 볼을 긁었다.

"이······길 수 있으신 거죠?"

의자 뒤에서 얼굴이 푸르딩딩하게 부어버린 진소아가 기어 올라왔다.

"살아 있었니?"

"지금 공자님이 지는 걸 보면 심장마비로 죽을 것 같기는 합니다만?"

"그게 말처럼 쉬운 게 아니라니까."

위연호는 혀를 찼다.

음양이야 위연호와 너무 잘 맞는 도박이었다.

기술이나 꼼수가 끼어들 여지가 없었고, 위연호의 비상한 청력으로 구슬의 개수를 파악할 수 있었다. 하지만 주사위는 아니었다.

아무리 주사위에 숫자가 새겨져 있다고는 하나 소리로 상판에 무엇이 올라오는지를 파악하는 것은 불가능한 일이었다.

"너희 누님 말이다."

"예."

"노래는 잘하시냐?"

"그게 무슨 소리십니까?"

"아니, 그…… 기루에 가면 노래도 해야 할 텐데."

"야, 이 미친놈아! 그게 할 소리냐!"

진소아가 다시 위연호의 멱살을 잡다가 사람들에게 끌려갔다. 고래고래 뭐라고 소리를 질러 대긴 했지만, 위연호는 한 귀로 듣고 한 귀로 흘려버렸다.

"거, 어린놈이 성격 참 더럽지."

독비는 위연호의 마지막을 즐기는 듯 새판을 시작하지 않고 가만히 위연호를 지켜보고 있었다.

"시작 안 해요?"

"하시겠소?"

"둘 중 하나가 돈이 다 떨어질 때까지 하는 것 아니에
요?"

"원래는 그렇지만, 공자께서 원하신다면 이쯤에서 그만
둘 생각도 있소."

독비와 강천립이 시선을 나눴다.

지금 당장 스무 냥을 따낸다면 분명 이득은 될 것이다.
하지만 그 이후로 이 철없는 놈이 도박장에 출입을 하지 않
게 될 확률이 높았다.

받은 열 냥을 반납하는 조건으로 보낸다면 다음에는 판
돈을 바리바리 싸 들고 도박장을 밥 먹듯이 출입하게 될 것
이다. 장기적으로 본다면 그게 더 이득이었다.

빚을 열 냥 지워둔다고 해도 받을 수 있는 돈이라는 보장
이 없었다.

그냥 부자라면 압박을 할 수 있겠지만, 고관대작의 자제
라면 어설프게 빚을 받아내려다가 금화장이 뒤집어질 가능
성도 있었다.

위험을 감수하느니, 장기적으로 도박장을 드나들 호구를
만드는 것도 나쁜 방법은 아니었다.

"뭐하려요?"

하지만 위연호는 그럴 의향이 없는 모양이었다.

독비가 강천립을 돌아보았다.

독비의 물음을 받은 강천립이 고개를 묵직하게 숙였다.

"원하신다면."

좋은 방향으로 갈 기회를 주었지만 당사자가 마다한다면 어쩔 수 없는 노릇이다. 독비는 비릿한 미소를 짓고 말했다.

"이번 판의 판돈은 천 냥이오."

"헐, 벌써 그렇게 됐나?"

위연호가 남은 은자를 바라보았다.

이 판에서 진다면 그에게 남은 돈은 더 이상 없었다. 반드시 이겨야 하는 판인 거다.

"마지막으로 묻겠소. 정말 계속하시겠소?"

"빨리 좀 하면 안 돼요? 왜 이리 사설이 길지?"

독비의 이마에 핏대가 솟았다.

"정 그러시다면."

좋게 좋게 해주려고 했더니, 이 애송이가 천지를 모르고 날뛰지 않는가.

제대로 쓴맛을 보여주겠다는 생각에 독비가 각본을 짜기 시작했다.

'지옥을 보여주지.'

중인들이 안쓰러운 얼굴로 위연호를 바라보기 시작했다.

'패가망신하는군.'

'또 지면 빚만 금자 열 냥 아닌가. 불과 하루 만에 금자

열 냥이 빚으로 생기다니.'

'이래서 애송이들은 도박을 하면 안 되는 거지.'

하지만 그들의 심정을 아는지 모르는지 위연호는 태연해 보였다. 아니, 태연하다기보다는 지금도 졸음을 쫓느라 여념이 없어 보였다.

독비가 마음을 단단히 먹고는 위연호에게 주사위들을 건넸다.

"굴리시오."

"제 차롄가요?"

"그렇소."

독비가 자신만만한 얼굴로 위연호를 재촉했다.

위연호는 주사위를 통에 쓸어 담고는 머리 위에서 흔들기 시작했다.

나름 열 판째에 접어들고 있다 보니 주사위를 흔드는 솜씨도 조금은 나아진 것 같았다.

쿵!

바닥에 통을 내려놓은 위연호가 고개를 들어 독비를 보았다.

"엽니다."

"여시오."

위연호는 지체없이 주사위통을 열었다.

육, 오, 오, 육, 사, 삼.

"스물아홉."

"크으!"

"간만에 수다운 수가 나왔구만!"

사방에서 탄성이 터져 나왔다. 스물아홉이면 매우 높은 수였다. 지금까지의 위연호가 내놓은 수들에 비하면 정말 좋은 수가 나온 것이다.

"높은 수로군요."

하지만 독비는 전혀 동요하지 않고 주사위를 챙겨 주사위 통에 넣었다. 그러고는 현란하게 흔들기 시작했다.

촤르르륵! 촤르르륵!

주사위들이 회전하면서 즐거운 소리를 만들어내기 시작했다. 한동안 주사위 통을 흔들던 독비가 바닥에 내려놓고는 뜸들이지 않고 바로 열었다.

"저, 저거!"

중인들이 우르르 달려들어 독비의 수를 확인했다.

"이럴 수가 있는가!"

탄성이 도박장을 가득 메우기 시작했다.

26장
게으름뱅이, 난동을 부리다

육, 육, 육, 육, 삼, 일.

"스물여덟이다!"

"우와! 숫자 봐!"

중인들은 독비가 만들어낸 수를 보고 기겁을 했다. 위연호보다 정확하게 하나가 적은 수. 그리고 주사위들이 보이고 있는 눈금도 예사롭지가 않았다.

'일부러 져준 거 아냐?'

'그런 것 같은데?'

"······최고의 도수들은 주사위의 수를 제 마음대로 만들어낼 수 있다더니, 그게 진짜였구나."

모두가 감탄하여 독비를 바라보았다.

'그런데 왜 져준 거지?'

이해할 수 없는 것은 바로 그 부분이었다.

주사위 수를 마음대로 만들어낼 수 있다는 것은 정말 대단한 일이지만, 굳이 일부러 져줄 필요가 있는가.

독비가 곧 그 의문을 풀어주었다.

"공자께서 이기셨군요."

"운이 좋았던 모양이에요."

위연호가 빙그레 웃었다.

"운도 실력이지요. 자, 이걸로 승부는 원점으로 돌아왔습니다. 공자의 판돈은 스무 냥, 제 판돈도 스무 냥. 다음 판의 판돈은 스무 냥입니다."

"한 판이면 끝나네요?"

"그렇습니다."

그제야 중인들은 상황을 이해할 수 있었다. 판돈은 원래대로 돌아갔지만, 처음과는 다르게 판돈이 은자 천 냥에서 이천 냥, 즉 금자 스무 냥으로 늘어난 상태였다.

'살길을 틀어주고 목줄을 죄어버릴 셈이로군.'

'희망이 있다가 없어지는 게 더 힘들지. 독비가 마음을 단단히 먹었구나.'

어차피 마음만 먹으면 이길 수 있는 독비로서는 열 판으로 이기는 것이나 열한 판으로 이기는 것이나 다를 것이 없었다. 하지만 어느 쪽이 패배한 절망감이 더 클지는 빤하지 않은가.

"위 공자님."

어느새 위연호의 뒤로 다시 붙은 진소아가 걱정스럽게 말했다.

"왜?"

"……괜찮으십니까?"

"내가 나쁠 게 있나? 나야 원래 은자 한 냥 들고 들어온 건데."

"채무의 개념을 정확하게 이해 못하고 계시는군요."

"응?"

진소아는 해맑은 위연호의 얼굴을 보며 한숨만 연신 내쉬었다. 괜히 잘살고 있는 사람에게 헛바람을 넣어서 남의 인생도 망가뜨리는 기분이었다.

"여기서 그만두시는 게 어떨지요?"

"서로 주머니에 구멍 뚫리기 전에는 못 그만두는 걸로 했잖아."

"그래도 말을 잘 해보면……."

"어림도 없어. 도박판이 어떤 곳인데."

위연호는 걱정에 가득한 진소아의 머리를 손가락으로 슬쩍 밀었다.

"그러니 걱정하지 말고 저리 가 있어. 괜히 니가 옆에

붙어 있으면 수작질했다는 말만 나온다."

"공자님……."

진소아의 눈이 흔들렸다.

이 양반…….

평소에는 얼이 빠져도 보통 빠진 게 아닌 사람이었는데, 이럴 때는 왜 이리 믿음직한 느낌이 드는 걸까?

"흐으음……."

위연호가 허리를 세웠다.

"진즉에 그만뒀으면 여기까지는 오지 않았을 텐데 말이오."

"에, 그런 거 같기도 하고……."

위연호가 머리를 긁었다.

"그런데 이상하게 이길 것 같은 예감이 든단 말이에요."

"후후후, 다들 그렇소."

그리고 다들 그렇게 나락으로 떨어지는 법이었다.

도박판에서 가장 경계해야 할 것은 근거 없는 확신인 법이니까.

"그럼 시작하겠소. 이 판의 판돈은 금자로 스무 냥이오."

촤르르르륵!

촤르르르륵! "

위연호와 독비의 앞에 쌓여 있던 은자가 앞으로 모두 모아졌다. 서로의 판돈을 모두 건 승부가 시작되고 있는 것이다.

"내가 먼저 하겠소."

"네."

독비는 위연호의 대답이 떨어지자마자 바로 주사위 통을 잡았다.

'어떻게 끝내볼까?'

독비는 완전히 여유를 되찾고 있었다.

'별것 아니었는데, 괜히 겁먹었군.'

애송이도 너무 애송이라 혹시나 뭔가 있지 않은가 하고 의심한 것도 사실이고, 설사 진짜 아무것도 없는 애송일지라도 도박이란 것이 말리기 시작하면 한도 끝도 없이 말리는 것이라 어느 정도 긴장을 했건만, 위연호는 정말 주사위에 대해서는 아주 무지한 모습을 보이고 있을 뿐이었다.

촤륵!

독비는 자신만만하게 주사위를 통으로 쓸어 담았다.

착! 착! 착! 착!

절도 있게 흔들리는 주사위 통에서 깔끔한 소리가 났다. 다른 이들에게는 그 소리가 마치 위연호의 목을 베러 가는 도수부의 발걸음 소리처럼 들렸다.

'안됐군.'

'독비를 봤으면 바로 도망갔어야 하는 건데, 이래서 도박판은 정보가 생명이라니까.'

각자가 나름의 교훈과 해석을 내놓고 있지만, 위연호는 흔들림 없는 자세를 유지하고 있었다. 아니, 흔들림이 없는 정도가 아니었다.

"자지 말라고!"

쾅!

독비가 주사위 통을 바닥에 내리꽂으며 일갈했다.

"깜짝이야!"

꾸벅꾸벅 졸다가 잠에서 깨어난 위연호가 뚱한 얼굴이 되었다.

"놀랐잖아요."

"대체 무슨 생각을 하고 살면 이 상황에서도 잠이 오는 것이오!"

"……아무 생각 없는데요."

"크윽."

독비는 이런 인간과 도박을 하고 있는 자신이 문득 한심하게 느껴졌다. 아무리 돈이 좋다지만, 도박이라는 것은 칼날 위를 걷는 듯한 긴장감이 함께해야 하는 법인데…….

'아무래도 좋다.'

어차피 이제 마지막이었다.

"열겠소."

"네."

독비가 살기가 잔득 실린 눈으로 위연호를 노려보다가

천천히 주사위 통을 제꼈다.

중인들은 눈이 빠질 듯이 그 광경을 바라보았다.

육, 육, 육, 육, 육, 육.

"으아아! 만점이다!"

"육육이 나왔어!"

중인들은 미친 듯이 열광하며 소리를 지르고 제자리에서 방방 뛰었다.

주사위 판에서 육육을 눈으로 보는 것은 결코 쉽지 않은 일이었다. 평생을 도박판을 들락거린다고 해도 웬만해서는 볼 수 없는 수가 지금 그들의 눈앞에 펼쳐져 있는 것이다.

"대단하다!"

"세 개로 하는 주사위에서 만점을 본 적은 있지만, 여섯 개짜리에서는 처음 본다!"

"과연 독비야!"

독비는 쏟아지는 찬사를 들으며 회심의 미소를 지었다.

'후후후후.'

상급 도수는 승부를 이기는 법이지만, 최상급 도수는 주변인들을 열광으로 몰아갈 줄 알아야 한다. 그래야 몸값이 높아지고 더 높은 판에 낄 수 있게 되는 것이다.

특히나 이처럼 도박장에 고용되어 일하는, 독비 같은 경우에는 이러한 모습을 자주 보여주어야 그의 명성을 듣고 도박장을 찾는 이들이 많아지기 마련이었다.

"어떻소? 계속하시겠소?"

"네?"

위연호의 고개가 모로 틀어졌다.

"안 할 이유가 있나요?"

"이미 승부는 난 것 같은데 말이오."

"그야 모를 일이죠."

누가 봐도 위연호가 억지를 부리고 있다고 생각할 것이었다.

"고, 공자님!"

진소아가 다급한 얼굴로 위연호를 바라보았다. 만약 여기서 위연호가 육육을 만들어내지 못한다면 승부는 끝난 것이나 나름없었다.

"날 믿느냐?"

위연호가 진지하게 물어오자 진소아는 정신없이 고개를 끄덕였다.

"그럼요! 믿지요! 공자님을 믿지 않으면 누굴 믿겠습니까!"

"헤헤헤."

위연호가 머리를 긁었다.

"살면서 한 번도 그런 소리는 들어본 적 없는데⋯⋯."

보통 제정신 박힌 사람이라면 위연호를 믿으려 하지는 않기 마련이니까.

"그럼 보답을 해야겠지."

위연호가 손을 뻗어 앞에 놓인 주사위 통을 잡아갔다. 느릿한 그 손길에 수많은 시선이 쏟아지고 있었다.

'여유로운데?'

'그냥 허당은 아니었다는 건가?'

'사실 허당이었다면 음양에서 십 연승을 할 수는 없는 법이지. 지금까지야 사실 져도 상관없는 것 아닌가. 이 판에서 이기는 자가 모든 판돈을 가져가는 건데.'

꾸욱.

위연호가 주사위 통을 꽉 잡자 중인들이 긴장하기 시작했다.

지금까지 몇 번을 졌든 상관이 없다. 이 판에서만 이긴다면 모든 판돈을 쓸어가는 것이다.

"저 공자가 육육을 내면 어떻게 되는 거지?"

"뭘 어떻게 하나. 다시 붙는 거지."

"그럼 아직 진 건 아니로군."

실낱같은 희망은 아직 살아 있었다.

하지만 그 희망이 절망의 다른 이름이라는 것은 이곳에 있는 모든 이들이 다 알고 있었다.

"후후."

위연호가 낮은 웃음소리를 냈다.

'음?'

독비는 위연호의 웃음소리에서 일순 섬뜩함을 느꼈다.

'설마?'

지금까지 기다린 것인가?

촤르르륵!

그 순간, 위연호의 주사위 통이 허공으로 솟구쳤다.

촤륵 촤르륵! 촤륵!

절도 있던 독비의 그것과는 다르지만, 위연호의 주사위 역시 경쾌하긴 마찬가지였다.

쿵!

그러고는 빠르게 바닥으로 내려앉았다.

독비는 주사위 통을 뚫어지게 바라보았다.

'아닐 거야.'

그럴 리가 없다. 아무리 그라고 해도 육육은 매번 내놓을 수 있는 것이 아니었다. 원하는 주사위 눈을 정확하게 맞출 수 있다면, 그는 도수가 아니라 신일 것이다.

그 정도 되는 도수도 열 번을 시도해서 한 번이 될까 말까 한 것이 육육이다.

'하니 저 소년이 할 수 있을 리 없다.'

독비는 그렇게 몇 번이고 자신의 마음을 다잡았다.

"후후후후."

위연호가 낮게 웃었다.

"이 판에서 이기면 사십 냥!"

금자 사십 냥.

일평생을 놀고먹어도 남을 만한 돈이었다.

위연호의 얼굴이 기쁨을 이기지 못하고 꿈틀꿈틀했다.

세상에 돈 싫다는 사람이 있겠는가.

"이길 수는 없소."

"아? 그러네요?"

독비가 찬물을 뿌리자 위연호는 순순히 긍정했다.

"여시오."

"에……."

위연호가 살짝 복잡한 시선으로 주사위 통을 바라보았다.

독비는 위연호를 재촉하지 않았다. 지금 그가 어떠한 심정일지를 도박꾼이라면 모두 이해할 것이다.

이런 경우에는 승부를 재촉하지 않는 것이 도박장의 불문율이었다.

"공자님, 괜찮으신 거죠?"

진소아가 쪼르르 달려와 위연호의 주사위 통을 뚫어지게 바라보았다.

오로지 육육.

육육이 아니면 이 판은 이길 수 없다.

진소아는 위연호가 육육을 만들어냈을 거라고 확신했다. 성격이야 이상하지만, 능력만은 확실하다고 할 수 있는 위연호가 아니던가.

"나 못 믿어?"

"믿습니다!"

진소아가 양팔을 벌려 위연호를 찬양했다.

얼핏 보면 사이비 교주라도 된 것 같은 느낌이었다.

"자, 그럼!"

위연호가 씨익 웃으며 주사위 통을 잡은 손에 힘을 주었다.

"열까?"

"네!"

"말까?"

"……."

"여는 게 낫겠지?"

"뭐하시는 겁니까?"

위연호가 풀죽은 어조로 말했다.

"사실 나도 사람인지라 긴장이 되는구나. 이걸 열었을 때 내가 원하는 수가 안 나오면 패가망신하는 거겠지."

"……그렇지요."

패가망신만 하겠는가.

빚이 금자 열 냥이면 평생을 갚아도 갚을 수 없는 돈이었다. 금자 스무 냥이라는 어마어마한 빚을 떠안고 있는 진소아기에 알 수 있다.

"맞아 죽겠지."

"네?"

"아버지가 날 죽이려고 들 거야. 형은 아마 나를 나무에 거꾸로 매단 채 수리 밥으로 만들려고 할지도 모르지."

"잡소리 말고 그만 여시죠."

"매정한 것."

위연호는 자신만만한 미소를 지은 뒤, 두말없이 주사위 통을 들어 올렸다.

"오오오오오!"

"우와아아아악!"

마침내 드러난 주사위를 본 이들이 다 같이 탄성을 내질렀다.

"세상에 어떻게 이런 일이!"

"이런 경우가 있을까!"

모두가 기겁을 하여 주사위를 바라보았다. 도박에서 육육을 보는 경우는 드물지만 있을 것이다. 하지만 육육이 나온 판에서 다시금 이런 수가 나온 경우는 고금을 통틀어 과연 있을까 싶었다.

"세상에! 육일이라니!"

일, 일, 일, 일, 일, 일.

드러난 주사위는 모두가 일을 가리키고 있었다. 육육과는 다른 의미로 희귀한 수가 나온 것이다.

위연호는 주사위 통을 잡은 손을 부들부들 떨며 힘없이

뇌까렸다.

"아, 망했네."

진소아가 거품을 물고 그 자리에 쓰러졌다.

* * *

"끄으으으으."

진소아는 뒷목을 움켜잡았다.

이건 위험신호다.

재빠르게 품 안에 손을 넣어서 활력단을 입안에 욱여넣은 진소아가 비틀거리며 다시 자리에서 일어났다.

꿈인가?

아니면 뭔가를 잘못 본 것인가?

눈을 몇 번이고 비비고 다시 판 위를 올려다보았지만, 그의 눈에 보이는 것은 똑같은 수였다.

일, 일, 일, 일, 일, 일.

"세상에."

진소아는 도무지 이 상황을 믿을 수가 없었다.

육이라니!

주사위 여섯 개를 던져서 수를 겨루는 도박에서 육이라니!

자신이 발로 던져도 저것보다는 더 많은 수가 나올 것이라고 확신할 수 있었다.

"정말 굉장하군."

"내가 살면서 육일과 육육이 한 번에 나오는 주사위 판을 보게 될 줄이야."

"눈이 호강하는군."

왁자지껄한 중인들의 눈에는 비웃음과 안쓰러움이 뒤섞여 있었다.

금자 열 냥이라는 빚을 지게 된 위연호에 대한 안쓰러움은 있지만, 주사위로 육일이라는 어마어마한 패를 만들어 버린 위연호에 대한 비웃음 역시 숨길 수 없었다.

그것도 이런 결정적인 판에 육일이라니.

"운이 없으셨소."

독비는 어느새 처음의 무표정한 얼굴로 돌아가 있었다. 지금까지 표정을 드러낸 것들이 모두 거짓말이었던 것처럼 말이다.

"끄응."

위연호가 답답한 듯 손을 뻗어 냉수를 잡아 들고는 벌컥벌컥 마셔 댔다.

"이상하다. 육육이 나왔어야 하는데."

"에라이, 이 미친놈아!"

진소아가 이성을 잃고 달려들었지만, 위연호는 진소아를 뻥! 걷어찬 뒤 고개를 갸웃거리며 판 위를 바라보았다. 그의 눈에도 선명하게 일이라는 눈을 위로 향한 채 당당해 서 있는 여섯 개의 주사위가 보였다.

"안타깝겠지만, 진 건 진 거요. 도박이란 것은 원래 그렇소. 잡히는 것이 당연하게 느껴지지만, 결코 잡히지 않는 것이 도박이라는 것이오."

"음……."

위연호가 볼을 긁었다.

"그래서…… 그럼 제 빚이 얼마인가요?"

돈 문제가 나오자 저 뒤에서 방방 뛰고 있던 강천립이 부리나케 달려와 외쳤다.

"판돈이 없으시니 처음에 대여해 드린 금자 열 냥만 갚으시면 됩니다. 어떻게 갚으시겠습니까?"

"돈이 없는데요?"

"쯧쯧쯧."

강천립이 딱한 사람을 보았다는 듯이 위연호를 보다가 웃으며 말했다.

"본인이 못 갚으시면 가족이라도 갚으셔야죠. 연대보증도 괜찮습니다. 걱정하지 마십시오. 우리 금화장은 어떤 일이 있더라도 원금은 반드시 회수하는 주의니까요."

"쩝."

위연호가 입맛을 다셨다.

"그럼 뭐 어쩔 수 없이 갚아야 할 것 같긴 한데……."

"집에 돈이 좀 있으십니까?"

"물론 집에야 돈이 많죠."

위연호를 찾기 위해 하오문에 현상금 금자 백 냥을 걸었던 광동위가다. 광동의 명문이라 불리는 광동위가에 금자 열 냥을 갚아줄 돈이 없을 리가 없다.

하나 문제는 그게 아니었다.

"돈이야 갚겠지만, 제 인생이 끝날 위험이 높죠."

오 년 만에 돌아온 아들놈이 도박을 하다가 금자 열 냥을 날리고 왔다고 하면 위정한은 '이왕 집 나갔던 김에 아주 나가 버려라!'를 외치며 그를 호적에서 파버릴 양반이고, 위산호는 군자의 도리를 운운하며 그를 잡아먹어 버릴 것이다.

'그건 절대 안 돼!'

위연호는 몸을 부르르 떨었다.

이제 겨우 사부에게서 탈출하여 새 삶을 얻어냈는데, 다시 눈칫밥이나 먹고사는 삶으로 돌아갈 수는 없었다.

"그럼 어쩌시겠습니까? 공자가 혼자서 평생을 노역한다고 해도 그 돈을 모두 갚을 수는 없을 텐데요."

"……그것참 큰일이네요."

위연호가 푹 처져 버리자 진소아가 천천히 다가와 어깨에 손을 올렸다.

"아, 미안하다고."

"아닙니다, 공자님."

"응?"

"죄송합니다. 괜히 저 때문에 공자님의 인생도 말려 버린 것 같아서 제가 공자님을 낯을 볼 면이 없습니다."

"왜 이래? 답지 않게."

"이 은혜는 평생이 걸려서라도 꼭 갚겠습니다. 아까 그만두셨더라면 부자가 되셨을 텐데, 제 빚 때문에……."

진소아가 고개를 푹 숙이고는 낮게 흐느꼈다.

"쩝."

위연호는 얼굴을 긁더니 한숨을 내쉬었다.

"뭘 그렇게 진지하게 나오고 그래. 사람 민망하게."

강천립이 고개를 갸웃거렸다.

'아무래도 주인과 하인의 관계는 아닌 것 같은데?'

진소아의 얼굴을 가만히 주시하던 강천립이 손뼉을 짝, 치고는 고개를 끄덕였다.

"이제 보니 성수장의 공자셨구만. 빚을 갚으려고 판을 벌린 모양인데, 쓸데없는 짓을 하셨군."

"이 패악무도한 놈들!"

"쯧쯧, 도박장에서 돈을 잃고 남을 탓하는 것만큼 멍청한 짓도 없는 것이다. 내가 와서 도박을 해달라고 사정을 했느냐? 너희가 제 발로 찾아온 것이다. 네 선친도 그러셨지."

"으으으……."

"역용은 뭐하러 했느냐. 우리는 누구도 마다하지 않는다. 판돈만 있다면 황제든 거지든, 누구라도 도박을 할 수 있는 것이 금화장의 법이지. 물론 결과는 안타깝지만. 끌끌."

강천립이 양손을 비비더니 위연호에게 물었다.

"돈깨나 있는 집 분이 호기를 부린 모양입니다만, 도박판은 그리 만만한 곳이 아닙니다. 자, 이제 어떻게 변제를 하실지 정해주시면 감사하겠습니다만?"

"하나 물어도 되나요?"

"물론이죠."

"이야기를 들어보니, 애 아버지도 여기서 돈을 많이 잃었다고 들었는데요?"

"그렇죠. 그분은 금자 삼십 냥을 잃으셨습니다. 열 냥은 건물과 재산을 몰수해서 갚았고, 스무 냥이 남았죠."

"삼십 냥이 없는 사람이 어떻게 삼십 냥을 잃을 수 있죠?"

"공자와 같은 경우입니다. 그분은 삼십 냥을 빌려서 도박을 하셨고, 모두 잃으셨죠."

"흐음……."

위연호가 고개를 들고는 말했다.

"그럼 저도 빌릴 수 있나요?"

"안 됩니다."

"헐, 얘 아버지는 되고, 왜 저는 안 돼요?"

"성수장주는 성수장이라는 담보가 있었기에 삼십 냥을 빌려 드린 겁니다. 하지만 공자는 담보가 없지 않습니까. 본인의 신분과 정체를 밝히신다면 고려해 보겠습니다만."

'그럼 나는 죽겠지.'

호북에서 광동위가의 둘째 아들놈이 도박판에서 금자 마흔 냥짜리 도박을 했다는 소문이 퍼지면…… 따도 죽고, 잃어도 죽는 것이다.

결코 있을 수 없는 일이었다.

"으으음……."

위연호가 도박판과 진소아, 그리고 강천립을 번갈아 바라보다가 물었다.

"어, 얼마가 있어야 다음 판을 할 수 있나요?"

"마흔 냥입니다."

"방금 전에는 스무 냥이었는데……."

"두 배를 걸어야 하시니, 마흔 냥이지요."

"금자 마흔 냥이라니……."

이 정도면 웬만한 고관도 전 재산을 탈탈 털어야 나올 수 있는 금액이었다. 중원 땅을 탈탈 털어도 그만한 돈을 댈 수 있는 이는 많지 않을 것이다.

"그럼 금자 마흔 냥만 내면 다음 판을 할 수는 있는 건가요?"

"물론이죠. 하지만 계속 기다려 드릴 수는 없습니다. 지금 바로 돈을 마련하지 못하신다면, 공자께서는 안쪽에서 남은 금자 열 냥을 반드시 갚겠다는 문서를 작성하셔야 합니다."

"흐음……."

위연호는 다시 한 번 물었다.

"그러니까, 돈만 있으면 마흔 냥짜리 판도 가능하다는 거죠?"

"물론입니다."

"더 큰 판도 가능한가요?"

"하하하, 그건 규칙을 어기는 일이지 않습니까. 하지만 해드리지요. 다음 판은 공자가 가져오는 돈만큼으로 상대해 드리겠습니다. 하지만 그 돈이 날 곳이 있겠습니까?"

강천립에게는 위연호가 돈을 가지고 오지 못할 것이라는 확신이 있었다. 그리고 만약 돈을 가져온다고 하더라도 반드시 이길 수 있다는 확신도 있었다.

그러니 거리낄 게 무어란 말인가.

"약속하세요."

"약속이야 이미 해드렸잖습니까. 도박장이라는 곳은 신용이 없으면 먹고살 수 없는 곳입니다. 이 많은 이들이 보았는데, 제가 말을 번복한다면 누가 저를 믿고 도박장에 돈을 쓰겠습니까."

"옳소!"

"그렇지! 말 잘한다!"

위연호는 무르익어 가는 분위기를 보고는 고개를 끄덕였다.

"소아야."

"예, 소협."

진소아는 이제 숨길 것도 없다고 생각했는지 호칭부터 바꿔 버렸다.

"집에 돈 될 만한 게 있냐?"

"저를 파시지요."

"……없구나."

"말하자면 그렇습니다."

"너희 누님이……."

"혀를 잘라 드릴깝쇼?"

"아무리 봐도 너는 의원 팔자는 아닌 모양이다. 한량이나 무뢰배가 딱이다."

위연호는 고개를 설레설레 젓고는 강천립을 보며 말했다.

"그 말 기억해 두세요."

"하하하, 그런데 어떻게 하지요? 바로 돈을 마련하시지 못한다면, 이제 그만 문서를 작성해 주셔야 하겠는데요."

"돈이야 있죠."

"공자께서 돈을 더 가지고 계시다는 말입니까?"

"아뇨."

위연호는 손을 저었다.

"저야 돈이 없죠. 그런데 세상에는 돈이 많잖아요. 빌리면 그만이죠."

"빌린다고요?"

강천립이 대놓고 비웃음을 머금었다.

"공자께 금자 마흔 냥을 빌려줄 사람이 세상에 있다는 말입니까? 있다고 하더라도 지금 이 자리에는 없을 것 같은데 말입니다. 문서를 써주시기 전에는 밖으로 나가실 수 없습니다."

"그럴 것 없어요."

위연호의 입에 회심의 미소가 걸렸다.

그 입매를 본 독비의 눈이 살짝 흔들렸다.

'저것이다.'

영문을 알 수 없는 자신감이 가득한 미소.

승부를 하는 내내 독비를 긴장시켰던 것이 바로 저 미소였다. 이미 나락으로 떨어진 와중에서도 저런 미소를 지을 수 있다는 것은 어떤 의미인가.

어쩌면 정말 위연호가 준비한 것이 있을지도 모른다는 생각을 이곳에서 유일하게 독비만이 하고 있었다.

"시간을 끄신다고 달라지는 것은 없습니다."

"난 시간 끄는 걸 제일 싫어해요."

위연호는 지체 없이 고개를 돌리고는 크게 목소리를 냈다.

"들어와요."

중인들의 시선이 위연호가 보고 있는 문을 향해 돌아갔다.

…….

하지만 결국 아무도 들어오지 않았다.

"어라?"

위연호가 몇 번이고 바깥을 향해 이제 그만 들어오라느니, 장난 그만치라느니 소리쳤지만, 아무도 들어오지 않았다.

"……뭐하시는 겁니까?"

강천립이 비웃자 위연호의 얼굴에 처음으로 불안이라는 감정이 떠올랐다. 진소아는 그 광경을 보다가 그냥 바닥에 주저앉아 버렸다.

"이상하다? 이러면 들어와야 하는데?"

"더는 공자의 장단에 맞춰줄 수 없으니, 그만 일어나시지요."

"이게 아닌데?"

인생이 막장으로 굴러 들어가는 것을 직감한 위연호가 꿈틀댈 때, 등 뒤에서 큰 소리가 들려왔다.

"좀 물리면 안 되나요?"

"안 됩니다."

"사람 참 각박하네."

"도박판은 원래 각박한 편입니다. 그리고······."

강천립이 고개를 돌려 진소아를 노려보았다.

"갚으라는 돈은 안 갚고 수작질을 부리다니, 여유가 있는 모양이구나. 내 흑지주방에 일러 너의 돈을 얼른 회수하라 일러두겠다. 수작질의 대가는 받아야지."

진소아의 얼굴이 파랗게 질리기 시작했다.

긁어 부스럼이라더니, 결국은 이리될 것을 왜 이런 판을 만들었단 말인가.

"거, 협박도 무섭게 하시네요."

위연호가 뾰루퉁하게 말하자 강천립은 대답 없이 손짓으로 문서를 가져오라 일렀다.

"본인 걱정부터 하셔야 하지 않겠습니까?"

"그건 맞는 말이네요. 어쩌죠?"

"그걸 왜 제게 물으십니까?"

위연호가 한숨을 푹 내쉬더니 중얼거렸다.

"이 아저씨······ 포를 떠버릴까나?"

그때, 다급한 음성이 대문 쪽에서 들려왔다.

"아이고! 제가 좀 늦었습니다, 공자님!"

대문에 처진 커다란 주렴이 좌우로 갈라지더니, 당당한 풍채를 가진 중년인이 안으로 걸어 들어왔다.

"저, 저 사람은?"

위연호가 뾰족한 음성으로 소리쳤다.

"왜 이리 늦으셨어요!"

"죄송합니다. 판이 이리 길어질 줄 모르고 너무 일찍 오다 보니 주변 상권을 좀 둘러보느라."

"왜요! 그냥 제가 노예로 끌려가고 나면 오시지!"

"하하하, 어디 공자께서 그런 꼴을 당하실 분이십니까?"

"쳇."

위연호가 의자에 몸을 기대더니 말했다.

"준비한 건 가지고 왔죠?"

"이를 말입니까. 얘들아!"

그 순간, 대문 밖에서 와자지껄한 소리가 들리더니, 건장한 장정들이 커다란 궤짝을 몇 개나 메고 안으로 들어왔다.

쿵! 쿵!

궤짝이 바닥을 찧으며 내려앉자 묵직한 소리가 났다.

"이, 이게?"

강천립은 눈이 휘둥그레져 궤짝을 바라보았다.

위연호가 회심의 미소를 지었다.

"돈만 가져오면 다음 판 판돈은 제 마음대로 할 수 있다고 했죠?"

위연호가 눈짓을 하자 궤짝이 열렸다.

순간, 실내가 환하게 밝아진 듯했다. 궤짝 안의 황금들이 내뿜는 현란한 광채가 중인들의 시선을 앗아갔다.

"저, 저게 다 얼마야?"

"어마어마하군."

중인들은 난생처음 보는 거금에 입을 쩌억 벌렸다. 오늘은 정말 많은 것을 보는 날이었다.

풍채 좋은 사내가 웃으며 말했다.

"말씀하신 백 냥입니다. 은자로 일만 냥! 정확하게 금자로 가져왔습니다."

"수고했어요."

"별말씀을."

강천립이 기겁을 하고는 외쳤다.

"다, 당신은 은하전장의 하대붕이 아니오?"

"만나서 반갑습니다, 강 장주님."

"대체 당신이 왜?"

"우리 고객께서 지원을 요청하셨습니다. 반드시 금자로 가져와야 한다 하셔서 시간이 좀 걸렸지요."

"이런······."

강천립의 이마에서 식은땀이 흐르기 시작했다.

그도 이 자리를 도박으로 딴…… 아니, 도박으로 따기는 했지만, 여하튼 아무것도 모르는 맹탕은 아니었다. 하대봉의 말이 사실이라면 저기 저 앞에 있는 애송이가 이 상황이 될 것까지 예측하고 판을 짰다는 말이 아니던가.

"다음 판 판돈은 백 냥으로 하죠."

"공자님!"

순간, 회생한 진소아가 위연호에게 달려들었다.

"어깨가 좀 뻐근한데."

"어느 어깨가 말입니까!"

순간, 진소아가 품 안에서 침통을 빼내더니, 위연호의 어깨 여기저기에 침을 꽂기 시작했다. 이제 어차피 자신이 누구인지도 들켰는데 거리낄 게 없었다.

"아야!"

"크, 소인이 조금 과하게 꽂은 모양입니다. 조금만 지나면 시원해질 테니, 편히 계십시오."

본인들의 의술이 도박장의 도박꾼 근육을 푸는 데 쓰이는 것을 알았다면, 성수장의 조상들이 무덤을 박차고 나올 일이었다.

아, 물론 진소아의 아비는 못 나올 것이다.

"백 냥이라고 하셨습니까?"

"네."

강천립의 눈이 떨리기 시작했다.

황금으로 백 냥.

이 정도면 보통 판이 아니었다. 중원의 중심지인 북경이나 낙양, 혹은 하남에서도 일 년에 한 판 열릴까 말까 한, 말 그대로 진짜 판이 열린 것이다.

"잘 준비해 왔네요."

위연호가 칭찬하자 하대붕이 빙긋 미소를 지었다.

"어느 분의 명이라고 소홀히 하겠습니까?"

"담보는 잘 보관하고 있겠죠?"

"제 마누라도 찾아내지 못할 곳에 꽁꽁 숨겨두었습니다."

"좋아요."

위연호가 고개를 끄덕였다.

그가 하대붕에게 돈을 빌리는 조건으로 맡긴 것이 바로 이왕야가 그에게 하사한 황금 검이었다.

"그거 잃어버리면 다 같이 죽는 거예요."

"삼족이 갈려 나갈 생각이 아니면 잃어버릴 수 없는 물건 아니겠습니까. 목숨 걸고 잘 보관하고 있으니, 걱정하지 마시기 바랍니다. 그보다 확실하게 다시 찾아가 주십시오. 저도 살 떨려서 처분 못하는 물건입니다."

"별걱정을 다 하시네요."

하대붕은 빙긋 미소를 지었다. 영업용 미소이기는 하지만, 이런 판은 그도 환영하는 바였다.

잠깐 돈을 빌려주는 대가로 받는 수수료가 만만치 않았다. 실적으로 보나 뭘로 보나 아주 좋은 거래였던 것이다.

'위험부담도 적고.'

처분할 수 없는 물건이라고는 하나 물건의 가치를 생각한다면 위연호의 집안에서 무슨 수를 써서라도 물건을 회수하려 들 것이다.

이미 광동위가가 위연호의 집이라고 알고 있는 하대붕으로서는 잃을 것이 없는 거래였다. 위연호가 이겨서 돈을 바로 받아도 좋은 일이고, 지면 더 좋았다. 보관하는 시간만큼 수수료를 추가로 주기로 했으니까.

'내가 봉이 아니라 위 공자가 봉이지.'

하대붕은 흥미로운 얼굴로 판을 바라보았다. 어사금검을 소지한 사람이 보통 사람일 리는 없는 법. 그가 과연 어떤 승부를 보일지 흥미가 돋지 않을 리가 없었다.

"뭐하세요? 돈 가져오세요."

"고, 공자, 지금 당장 현금으로 육십 냥을 더 준비하는 것은 어렵습니다."

"있는 돈 다 끌어오고, 나머지는 어음 가져와도 돼요."

"그러시다면."

강천립은 이미 상황이 돌이킬 수 없는 곳까지 와버렸다는 것을 깨달았다.

이 많은 사람들이 보고 있는 곳에서 선언을 해버린데다

가 은하전장 지부장이 빤히 지켜보고 있는 곳에서 말을 바꿨다가는 신뢰에 큰 문제가 생긴다.

만약 여기서 발을 빼버린다면 금화장은 손해를 보지 않을 수 있지만, 강천립은 더 이상 금화장주의 신분을 유지할 수 없을 것이다.

"알겠습니다."

결국 강천립은 독비를 믿고 승부를 걸기로 했다.

"가져와라."

나직하게 명을 내리자 장구가 고개를 끄덕이고는 위로 부리나케 달려갔다.

"조금 시간이 걸릴 겁니다. 차라도 한잔 드릴깝……."

그새 고개를 옆으로 박고 잠에 들어버린 위연호를 보며 강천립은 할 말을 잃었다.

'저놈의 자식은 간덩어리가 강철로 만들어졌나?'

그도 지금 심장이 울렁거리는데 도박 경험도 거의 없다는 어린놈이 뭐 저리 배짱이 좋단 말인가.

이런 상황에 잠이 오다니!

진소아는 위연호가 자든 말든 침을 놓고 몸을 주무르더니, 숫제 뜸까지 뜰 기세였다.

'저런 놈이 성수장의 적자라니!'

성수장이 망한 데는 그도 일조하기는 했지만, 그나마 그도 사람으로서 성수장에 대한 존경심이 있었는데, 진소아가 하는 행태를 보자 그 존경심이 싹 사라지고 있었다.

강천립은 위에서 날라져 오는 돈들을 보며 심장을 진정시키기 위해 애를 써야 했다.

아무리 금화장이 호북에서 가장 큰 도박장이라고는 하나 금자 백 냥이 무슨 애들 이름도 아니고, 저걸 잃으면 금화장은 파산이었다. 그리고 강천립, 그 자신은 파산하는 정도가 아닐 것이다.

'이길 수 있다.'

그는 스스로 되뇌었다.

판돈에 현혹되기 시작되면 도박꾼은 그걸로 끝이었다. 은자 한 냥짜리 판이나 금자 천 냥짜리 판이나 동일한 마음을 유시할 수 있어야 최고의 도수라고 할 수 있다.

그리고 그가 아는 독비는 충분히 최고의 도수라고 불릴 자격이 있는 이였다.

"독비, 어떤가? 이길 수 있겠지?"

"제게 물으신 겁니까?"

"후후후, 그래, 그거야."

독비는 처음과 달라진 것이 없었다.

"명심하게. 지면 모든 것이 끝이야. 나도, 자네도 모두 끝이야. 결코 지지 말도록."

이런 말이 부담이 될 수 있다는 것은 알고 있었다. 하지만 도무지 아무 말도 하지 않고는 그의 마음이 진정되지가 않았다.

"걱정 마십시오."

하지만 독비는 그런 말조차 부담이 되지 않는다는 듯 냉
정한 얼굴을 유지하고 있었다.

"간만에 큰판으로 놀려고 하니 조금 상기되는군요. 저도
차 한잔 주시겠습니까?"

"이를 말인가! 얘들아! 차 가져와라! 용정으로."

"아닙니다. 엽차로 부탁드리지요."

"그런 걸로 괜찮겠는가?"

"평시와 같은 게 좋습니다. 평정을 유지하려면요."

"알겠네. 엽차로 가져와라!"

얼마 지나지 않아 독비의 앞에 금자와 은자가 산처럼 쌓
였다.

강천립은 모자라는 금자 스무 냥을 전장의 전표로 대체
했다.

"대륙전장에서 발행한 전표입니다."

"어디 봅시다."

하대붕이 별말 없이 전표를 받아서 확인했다.

"음, 진품이군요. 공자님, 판돈은……."

하대붕이 위연호를 돌아보고는 떨떠름하게 입맛을 다셨다.

"이보게, 진 공자."

"네?"

"거, 너무 과하지 않은가?"

고슴도치처럼 전신에 빽빽하게 침을 꽂은 위연호가 곤히 잠들어 있고, 진소아는 더 꽂을 침자리가 없는지 고심하고 있었다.

"이 정도는 해야 할 것 같아서요."

"그러다 사람 죽겠네."

"네."

시무룩한 진소아가 빠른 손놀림으로 침을 뽑기 시작했다.

"공자님, 이제 일어나셔야 합니다."

"으으음."

침을 다 뽑은 진소아가 흔들어 깨우자 위연호가 고개를 들었다.

"뭐지? 바닥에 굴렀나? 왜 이리 전신이 따끔따끔하지?"

"……몸이 안 좋으신 모양이니, 일찍 끝내고 가서 쉬시지요."

"그래서 그런가?"

위연호가 갸웃갸웃하자 진소아는 슬그머니 침통을 뒤로 숨겼다.

"판돈은 준비됐나요?"

"확인했습니다."

"그럼 끝내야죠."

위연호가 기지개를 켜더니 자세를 고쳐 앉았다.

"흡."

강천립이 그 광경을 보며 숨을 들이켰다. 숫제 제집인 듯 편하게 구는 위연호를 보고 있자니 이상하게 압박이 되는 느낌이었다.

"독비."

"이제 그만 물러나십시오."

"……괜찮겠나?"

"여기서부터는 도수들의 영역입니다. 장주님의 심정은 알겠지만, 더는 관여 마십시오."

"믿겠네."

강천립이 뒤로 훌쩍 물러났다. 독비의 말에서 건너편에 앉아 있는 위연호를 대등한 상대로 인정하겠다는 느낌을 받은 것이다.

"후후, 여기까지 생각하고 판을 깐 것이오?"

"뭔 소리래요?"

"일부러 져준 것이냔 말이오."

"누가 그런 미친 짓을 해요. 이겨야지."

"……그럼 왜 은하전장주를 불러놓은 것이오?"

"어머니가 말하시길, 남자는 뒷주머니가 든든해야 한다고 하셨어요. 도박을 하든 배짱을 부리든 돈이 많아서 나쁠 것이 없다시더군요. 그래서 혹시 몰라서 불러놓은 거예요."

도무지 이놈은 감을 잡을 수가 없었다.

어떨 때 보면 굉장히 계산적이고 영특한 것 같은데……
다시 보면 대책 없고 무지하며 답도 없는, 전형전인 한량이
다.

'아무래도 좋다.'

위연호가 어떤 위인인지는 더 이상 궁금하지 않았다. 그
가 신경 써야 할 것은 위연호의 됨됨이가 아니라 눈앞에 벌
어질 단 한 번의 승부니까.

독비는 매우 담담한 어조로 입을 열었다.

"시작하시오."

"제 차례인가요?"

"그렇소."

"그래요?"

위연호가 의자를 당겨 앉았다.

"자, 그럼 시작해 볼까?"

위연호는 쓸데없이 뜸을 들이지 않았다.

위연호가 주사위 통을 잡더니, 바닥에 일자로 놓여 있는
주사위들을 쓸어 담았다.

촤아아악!

단숨에 주사위를 쓸어 담은 위연호가 허공에서 두어 번
통을 흔들더니, 단숨에 바닥으로 주사위들을 던져 냈다.

후드득.

바닥으로 떨어진 주사위들이 빙글빙글 돌더니, 하나씩

눈을 드러내기 시작했다.

"육!"

모두가 짠 것처럼 하나씩 멈추는 주사위의 수를 외치기
시작했다.

"육!"

두 개의 주사위가 육을 가리키자 중인들의 목소리가 점
점 커져 갔다.

"육!"

마침내 세 개!

"육!"

그리고 네 개!

"육!"

"으아아아아! 다섯 개가 다 육이야!"

"조용! 조용히 해! 아직 마지막 주사위가 돌고 있잖아!"

지켜보던 중인들이 고개를 일제히 앞으로 빼냈다. 그들
의 눈에 마지막 주사위가 천천히 멈추는 것이 들어왔다.

"머, 멈춘다!"

"심장 떨려서 못 보겠네."

"못 보겠으면 비켜!"

마침내 주사위가 멈추고, 마지막 주사위의 눈이 하늘을
향해 그 모습을 드러냈다.

　　　　　*　　　*　　　*

"아이고!"

"으아아아!"

"아쉽다! 아쉬워!"

마지막 주사위가 드러낸 눈은 '오'였다. 아쉽게도 위연호의 최종 수는 삼십육이 아니라 삼십오가 되어버린 것이다.

"그래도 그게 어디야!"

"물론이지! 육육이 매번 나오면 누가 주사위를 하겠나! 저만해도 웬만해서는 질 수 없는 수지!"

도박장이 술렁거리기 시작했다.

저 애송이 놈이 갑자기 막대한 금자를 들고 들어와 승부를 걸 때부터 뭔가 이상하다고 싶더니, 삼십오라는 엄청난 패를 만들어낸 것이다.

'기묘하군.'

중인들은 상황이 매우 이상해져 가고 있다는 것을 실감했다.

'이거, 촉이 오는데?'

도박장에 살다시피 하는 도박꾼들은 이런 판을 한두 번쯤은 경험하기 마련이었다. 호구 하나를 낚아보겠답시고 벌어지는 판.

처음부터 끝까지 계획적으로 호구를 몰아가는 판이다.

문제는 그 판의 먹잇감이 반대로 되어 있다는 점이었다. 평소대로라면 지금 삼십오를 낸 게 독비 쪽이어야 했다. 그래야 저 애송이 놈이 판돈을 모두 잃고 쪽박을 찬 채 쫓겨나는 그림이 완성될 테니까.

그런데 지금 삼십오를 낸 쪽은 어이없게도 애송이였다.

'설마 저 애송이가 판을 만든 건가?'

중인들은 어이없다고 생각하면서도 의혹을 완전히 떨어내지는 못했다. 아니라고 하기에는 판이 너무 괴이했다. 마치 처음부터 금화장의 모든 돈을 털어버리겠다고 작정하고 시작된 것처럼 말이다.

"삼십오라……."

중인들의 시선이 주사위로 꽂혔다.

일반적인 판이라면 삼십오라는 패가 나온 것만으로도 필승을 자신할 수 있었다. 하지만 지금 위연호의 건너편에 있는 사람은 다름 아닌 독비였다.

호북 도박계의 신화인 독비라면 육육을 다시 한 번 만들어내는 것도 꿈은 아닌 것이다.

금화장이 바늘 떨어지는 소리마저 들릴 정도로 고요해져 갔다.

꿀꺽.

누군가의 침 삼키는 소리가 들려온다.

독비는 가만히 주사위를 바라보다가 고개를 들어 위연호를 바라보았다.

"실력을 숨긴 거요?"

"네?"

"마치 판이 처음부터 짜여 있었다는 생각이 드는군."

"무슨 말인지 모르겠네요."

독비는 비릿한 미소를 지었다.

"아무래도 좋소. 판을 짰다면 그걸로 대단한 것이고, 판을 짜지 않았다고 해도 대단한 건 마찬가지지. 하지만 당신은 나를 너무 쉽게 봤소."

촤아아아악!

독비가 섬전같이 손을 뻗어 주사위 통 안으로 주사위들을 쓸어 담았다.

꾸욱!

모든 주사위를 통 안에 넣은 독비가 주사위 통을 바닥으로 꽉 눌렀다.

"이 독비를 상대로 수작을 한 것을 후회하게 될 거요."

"수작 같은 거 부린 적 없다니까 그러시네요."

"아무래도 좋소."

강천립이 독비에게로 다가와 속삭였다.

"이길 수 있겠지?"

"저 독비입니다."

"아네. 안다만…… 만약 진다면 금화장은 정말 파산일세."

"그런 일은 벌어지지 않습니다."

독비는 확신에 찬 눈으로 강천립을 바라보았다. 독비의 눈을 본 강천립이 고개를 끄덕이고는 뒤로 물러났다.

"믿겠네."

독비는 강천립의 말에 대답도 하지 않고는 가만히 주사위 통을 바라보며 마음을 안정시켰다.

'이만한 판이 있었던가.'

도박판에서 수십 년을 살아왔지만, 이토록 큰판은 정녕 오랜만이었다.

도수의 피가 끓어오르는 것을 느끼며 독비는 입술을 지그시 깨물었다. 가슴은 들끓더라도 머리는 차갑게 유지하는 것이 도수의 기본이다.

"흡!"

짧은 기합성과 함께 독비가 주사위 통을 허공으로 들어 올렸다.

착! 착! 착! 착!

깔끔한 소리와 함께 주사위들이 질서정연하게 배열되는 것이 눈에 보이는 것 같았다.

"육육!"

"육육이다! 육육이 나와야 해!"

독비의 움직임과 동시에 사방에서 고함 소리가 터져 나

오기 시작했다.

이런 판을 보고 있다 보면 도박사들의 피가 끓는 것은 당연한 일이었다.

"하암!"

위연호는 하품을 하면서도 독비의 손에서 눈을 떼지 않았다.

"이야아아압!"

독비가 기합을 지르며 바닥으로 주사위들을 던졌다.

촤르르르륵!

주사위 여섯 개가 판 위에서 회전하기 시작했다. 맹렬한 기세로 회전하며 열을 맞춘 주사위들이 하나하나 멈췄다.

"육!"

첫 번째로 멈춘 주사위의 눈은 육이었다.

"으아아아! 내 심장이 먼저 터지겠네!"

"시끄러워! 조용히 해봐!"

두 번째 주사위가 멈춘다.

"육!"

세 번째.

"육!"

네 번째.

"육!"

흥분한 도박꾼들이 주위의 사람들을 뒤로 밀어내고는 앞으로 달려들기 시작했다.

"비켜봐!"

"아! 밀지 말라고!"

도박꾼들의 머리가 앞으로 쭉쭉 나오기 시작했다.

"서, 선다! 다섯 번째가 선다고!"

"육!"

"육이다! 으아아아! 육이야!"

"다섯 개가 모두 육이야!"

도박꾼들의 눈이 튀어나올 듯 커져 갔다.

"설마…… 진짜 육육인가!"

"육육이 나올 수도 있겠는데!"

"역대급 판이다! 역대급이야!"

진소아가 위연호의 손을 꽉 붙잡았다.

"어, 어떻게 합니까, 위 소협!"

하지만 위연호는 여전히 태연하기 그지없었다.

"설마 또 육이 나오겠어?"

"아까도 나왔잖아요."

"어, 그렇네? 그럼 나올 수도 있지, 뭐."

"그게 그리 태평하게 말씀하실 일입니까! 여기서 지면 우린 알거지가 된단 말입니다!"

"우리가 아니라 나겠지."

위연호는 의자에 몸을 묻고는 멍한 눈으로 마지막 주사위를 바라보았다.

"흐음……."

데구르르르.

마지막 주사위가 천천히 멈춰 서기 시작한다.

"유……."

중인들의 눈에 주사위가 천천히 육을 보이며 멈추는 광경이 들어왔다.

"으아……."

육육!

육육이 나오려는 순간이었다.

하지만…….

빙글.

그 순간, 주사위는 누군가가 돌려 버린 것처럼 빙글 회전하더니, 옆으로 누워버렸다.

쥐 죽은 듯한 정적이 도박장을 가득 메웠다.

지켜보던 이들도, 독비도, 그리고 위연호조차도…… 모두가 아무 말도 하지 못한 채 한동안 주사위를 멍하니 바라보고 있을 수밖에 없었다.

"아……."

"사, 삼이다!"

"삼이 나왔어!"

"삼십삼이다!"

"애송이가 이겼어!"

"으아아아아아! 백 냥이다! 백 냥을 딴 거야!"

도박장이 광란에 빠져들었다.

마치 자신들이 이긴 것처럼 소리를 지르고 발악하는 도박꾼들의 함성에 기와가 다 들썩일 지경이었다.

"세상에, 이런 판을 보다니!"

"대단하다! 이건 전설이 될 거야!"

"금화장에서 백 냥을 따가는 사람이 나올 줄이야!"

진소아가 눈물을 펑펑 쏟으며 위연호에게 매달렸다.

"위 소혀어어어업!"

"무거워."

"위 소협! 이겼어요! 이겼다구요! 백 냥을 땄어요!"

"그러네."

위연호는 볼을 긁적였다.

기쁨을 주고받고 있는 위연호들과는 다르게 강천립은 넋이 나간 얼굴로 주사위를 보고 있었다.

"져, 졌어?"

강천립이 뭔가를 혼자 중얼거리더니 독비를 보며 고함을 질렀다.

"이길 수 있다고 했지 않은가!"

독비는 묵묵부답이었다.

"이길 수 있다고 했어, 이길 수 있다고! 그런데 이게 무슨 꼴인가! 이게 무슨 꼴이야!"

"진정하십시오!"

"진정? 내가 지금 진정하게 생겼는가!"

강천립은 차라리 기절이라도 하고 싶었다.

백 냥!

지금 그의 눈앞에서 금자 백 냥이 날아간 것이다.

은자로 하면 무려 만 냥이었다.

그 돈이면 어느 지역을 가더라도 떵떵거리며 평생을 놀고먹을 수 있는 돈이었다. 그리고 금화장의 몇 년 치 수익이기도 했다.

그 많은 돈이 단 한순간에 날아가 버린 것이다.

"아, 안 돼. 저 돈이 없으면……."

강천립이 판돈을 향해 손을 뻗는 순간, 하대붕이 슬쩍 앞으로 나와 그를 가로막았다.

"아?"

"이미 승부는 결정이 났으니, 배분을 다시 하도록 하겠소."

하대붕이 박수를 치자 그를 따라왔던 이들이 우르르 달려들어 판 옆에 쌓여 있는 돈들을 회수했다.

"여기 있소이다."

그러고 나서 하대붕은 금자 스무 냥짜리 전표를 강천립에게 내밀었다. 위연호가 빚진 돈을 모두 갚은 것이다.

"이걸로 금화장과 위연호 공자 사이의 금전 관계는 모두 청산되었소. 지켜보신 분들과 나 하대붕이 증인이 될 것이오. 그렇지 않습니까?"

"옳소!"

"내가 봤소!"

하대붕은 빙긋 웃더니 옆에 있던 동전이 가득 든 상자 하나를 판 위에 올려두었다.

"흥을 돋워주신 분들도 오늘을 같이 즐깁시다. 다들 은자를 나눠 가지시길 바랍니다!"

"최고다!"

"으하하하! 내가 이래서 도박장을 끊을 수가 없다니까!"

하대붕은 위연호에게 다가가 손을 내밀었다.

"축하드립니다."

"……저거, 내 돈 아닌가요?"

"네?"

"왜 제 돈으로 아저씨가 생색을 내시죠?"

하대붕의 등 뒤로 땀이 배어 나오기 시작했다.

"제, 제가 갚아 넣겠습니다."

"꼭 부탁드려요."

"……예."

하대붕은 고개를 돌리고 혀를 찼다.

방금 팔십 냥을 딴 사람이 개평도 좀 못 주는가! 사람이

같이 사는 정이 있어야지!

"나, 나는 망했다."

강천립은 숫제 그 자리에 주저앉아 버렸다.

넋이 빠진 그 모습은 절로 동정심이 일 정도였다. 독비는 안색이 조금 질렸지만, 의외로 담담한 신색을 유지하고 있었다.

"좋은 승부였습니다."

독비가 고개를 숙이자 위연호는 자리에서 벌떡 일어났다.

그러고는 포권을 하며 고개를 숙였다.

"좋은 승부였어요."

신소아가 신기하다는 듯이 그 광경을 바라보았다. 지금까지 보아오면서 위연호가 저토록 정중하게 상대를 대하는 모습은 한 번도 보지 못했다.

"그럼."

독비가 몸을 돌려 쓸쓸히 멀어져 가자 위연호는 그 뒷모습을 가만히 지켜보다가 자리에 앉았다.

"하암!"

하품을 하며 기지개를 켠 위연호가 하대붕을 돌아보며 말했다.

"일단 이 돈은 전장에다 넣어주세요."

"여부가 있겠습니까."

"그럼 저는 이제 돌아가도 되죠?"

"어사금검은 어쩌시겠습니까? 가지고 있으려니 간이 떨립니다. 얼른 회수하시죠."

"그럼 그거도 가져다주세요."

"알겠습니다."

위연호가 다시 힘들게 자리에서 일어났다.

"아이고, 이제 가야지."

"위 소협, 저는 다리가 후들거려서 도저히 못 가겠습니다."

"네가 뭘 했다고."

"지켜보는데도 진이 다 빠졌습니다. 위 소협은 괜찮으십니까?"

"나야 항상 피곤하지."

위연호는 씨익 웃고는 몸을 돌렸다.

"남은 돈은 하장주가 알아서 해줄 테니, 일단 우리는 집에 가자. 집에 가서 밥 먹고 늘어지게 한숨 자야겠다."

"제가 송정루 기둥뿌리를 뽑아 오겠습니다!"

"그렇게 많이는 못 먹어."

위연호와 진소아가 낄낄대며 밖으로 나가려는 순간, 대문의 주렴이 좌우로 촤악 걷히더니 일련의 무리들이 안으로 우르르 몰려 들어왔다.

"응?"

위연호가 고개를 갸웃했다.

그가 또 부른 사람이 있는 건 아닌데 이게 다 누구란 말인가.

짙은 흑의를 입은 장정들이 문앞을 가로막고 섰다.

"에……."

위연호는 그 광경을 바라보다 고개를 돌려 하대붕을 보았다.

"누군지 알아요?"

하대붕의 얼굴이 급격하게 굳어가기 시작했다.

"흑의에 새겨진 검은 거미 문양을 봐서는 흑지주방의 사람들인 것 같습니다."

"흑지주방?"

위연호는 기억 속에서 어렴풋이 나올까 말까 하는 흑지주방이라는 이름을 집어내기 위해 노력했다.

그 순간, 장정들이 좌우로 갈라지더니, 그들 사이로 풍채좋은 중년인이 안으로 걸어 들어오며 고함을 질렀다.

"위연호가 누구냐?"

"전데요?"

싸늘하게 식어가는 분위기와는 반대로 위연호는 태연하게 대답을 했다.

"네가 위연호냐?"

"네."

"네가 위연호라고?"

"네."

흑지주방주 곽도산은 어안이 벙벙한 얼굴로 위연호를 바라보다가 고개를 돌려 흑웅(黑熊) 좌걸(左傑)의 표정을 살폈다.

"맞습니다."

"맞다고?"

"예. 저자가 저를 가로막았던 그 고수입니다."

"……."

곽도산은 한숨을 푹 내쉬었다.

'좌걸도 맛이 갔구나.'

소년 고수라고 하기에 어릴 거라고 짐작은 했지만, 그래도 저리 솜털이 보송보송한 아이라고는 생각하지 못했다. 아니, 할 수가 없었다.

그래도 흑도에서 나름 굴러먹었다는 좌걸이 저런 어린놈에게 당해서 꽁지가 빠지게 도망을 왔다는 사실이 어이가 없다 못해 황당하기까지 했다.

"어려도 너무 어리지 않느냐!"

"그래서 제가 어리다고 말씀을 드렸잖습니까."

"입은 뚫려 있는 모양이구나, 말이 나오는 것을 보니."

"방주님, 저리 보여도 저놈이……."

"시끄럽다!"

좌걸은 고개를 푹 숙여 버렸다.

그 광경을 보며 곽도산은 혀를 찼다. 저런 꼬마 놈 하나에게 덜덜 떨어서 성수장까지 사람을 보내 조사했다는 것이 창피하게 느껴질 정도였다.

그러고도 알아낸 것은 이름 정도뿐이었지만.

"저놈에 대해 보고를 하고 내가 얼마나 굴욕을 당했는지 알기나 하느냐? 고수니 뭐니 해서 얼마나 부풀려서 보고를 했는데, 저런 꼬마 놈이었다니!"

"방주님, 방심하시면⋯⋯."

"시끄럽다고 하지 않았느냐!"

"끄응."

좌걸은 더 이상 곽도산을 설득하는 것을 포기했다.

흑도에서 흑지주 곽도산이라고 하면 나름 심계가 깊은 것으로 유명한 사람이었건만.

'방주도 늙었어.'

예전의 곽도산이었다면 아무리 위연호가 어려 보인다고 해도 결코 방심을 하지 않았을 것이다. 현장에서 떠나 거드름을 피우기 시작한 이상 흑도인으로서의 삶은 끝난 것이나 마찬가지였다.

"쯧쯧."

곽도산은 불만 가득한 표정의 좌걸을 보며 혀를 찼다.

'사람 보는 눈이 이렇게 없어서야.'

어리다고 해서 고수가 아니라는 법은 없었다. 목숨이 왔다 갔다 하는 도산검림에서 오랫동안 칼밥을 먹고산 곽도산이 그 정도도 모를 리는 없다.

하지만!

'저 눈하며, 저 자세하며!'

썩은 동태가 따로 없을 정도로 풀려 버린 눈과 서 있는 것도 버겁다는 듯 축 늘어진 자세만 보더라도 상대가 어떤 사람인지는 파악할 수 있지 않은가.

청년 고수라면 모름지기 파릇파릇함이 절로 느껴지는 표정과 형형한 안광, 그리고 누가 봐도 힘이 가득한 자세가 눈에 보이는 법이었다.

흑도밥만 사십 년 가까이 먹은 그가 그 정도도 파악을 못할 리가 없었다.

"고수는 얼어 죽을."

혹시 모른다.

저 청년이 경지를 초월하여 자세나 기세에 영향을 받지 않는 수준에 올라 있을 수도 있다.

하지만 나이를 감안한다면 어머니 뱃속에서부터 무공을 배운다고 해도 그건 불가능한 일이다. 자연체라는 것은 자연스러움이 극한에 달해서 무공을 익히고 있음에도 일반인처럼 보인다는 뜻이다.

'무공을 익혔는데도 저리 병신 같아 보이는 걸 말하는

게 아니고!'

곽도산은 혀를 차고는 위연호를 향해 일갈했다.

"네놈이 성수장의 일을 방해한 그 위연호가 맞단 말이
냐?"

"네."

위연호의 대답은 언제나 간결했다.

"확실하냐?"

"네."

그런데 이상하게도 사람들은 간결한 위연호의 대답을 몇
번이나 확인하고는 했다. 참 안타까운 일이었다.

"흑지주방의 행사를 방해하고도 무사할 수 있을 거라는
생각을 하는 건 아니겠지?"

"아, 그거 잠시만요."

"응?"

곽도산이 뭔가 말을 하려는데 위연호가 손짓으로 하대
붕을 부르더니, 하대붕의 귓가에 뭔가 속삭이기 시작했다.

하대붕이 고개를 끄덕이더니 품 안에서 돌돌 말린 종이
를 꺼내 위연호에게 내밀었다. 하대붕이 손짓을 하자 옆에
서 지켜보고 있던 부하가 언제 준비했는지 지필묵을 가져와
위연호에게 내밀었다.

위연호는 그 두 가지를 진소아에게 내밀었다.

"서명해."

진소아가 멍한 눈으로 위연호를 바라보았다.

"네? 서명이요?"

"응. 일단 서명해. 설명은 나중에 할게."

"아, 알겠습니다."

진소아는 영문도 모르고 종이의 끝부분 날인에 서명을 했다.

위연호는 서명을 확인하고 종이를 둘둘 말아 품 안에 넣더니, 다시금 곽도산을 보고 입을 열었다.

"안 그래도 그 이야기 때문에 찾아가려고 했는데, 마침 잘됐네요."

"으응?"

곽도산은 위연호가 대체 무슨 이야기를 하는가 싶어 귀를 쫑긋 세웠다.

"성수장이 진 빚이 정확하게 얼만가요?"

"빚?"

"네. 빚이요."

곽도산이 고갯짓을 하자 옆에서 지켜보고 있던 부하 하나가 장부를 꺼내더니 입을 열었다.

"금자 스무 냥하고도 은자 오십 냥이다."

"줘요."

위연호의 말에 하대붕이 손짓을 하자 부하들이 산더미처럼 쌓여 있던 은자를 세어 곽도산의 옆에 차곡차곡 쌓았다.

"이, 이게 뭐냐?"

"성수장의 빚이에요. 오늘부로 성수장과 흑지주방의 채무는 모두 해결이 되었어요. 채무보증서 작성해 주시고 돈 가져가세요."

"으응?"

곽도산이 자신의 옆에 쌓인 은자의 탑을 보고는 침을 꿀꺽 삼켰다.

'이게 웬 돈이야?'

말이 금자 스무 냥이지, 그걸 받을 수 있을 거라고 생각한 적은 단 한 번도 없었다. 금자 스무 냥은 성수장을 압박하기 위한 것이었지, 이미 망해 버린 성수장에서 나올 수 있는 돈은 아니었던 것이다.

그런데 바란 적도 없던 돈이 눈앞에 쌓이는 걸 보고 있으려니 이게 꿈인가 생시인가 싶었다.

"보, 보증서는 어떻게 작성해 주면 되는 것이냐?"

"방주님!"

좌걸이 기겁하여 부르자, 곽도산은 솥뚜껑 같은 손으로 좌걸을 훅 밀어버리더니, 만면에 미소를 띠며 이야기했다.

"양식이 있느냐?"

"그건 이 아저씨랑 이야기하시면 돼요."

"물론입니다."

하대붕이 지필묵을 들고 빈 종이에 무언가를 작성하더니,

지필묵과 종이를 들고 곽도산에게 내밀었다.

"성수장의 채무에 대한 권리를 위 공자께 양도한다는 서
류입니다. 서류를 작성하시는 순간, 흑지주방은 더 이상 성
수장의 행사에 관여할 수 없게 됩니다."

"그, 그런가?"

뭔 말인지는 잘 모르겠지만, 그렇다니 그런가 보다.

"여하튼 여기에 서명을 하면 이 돈을 가져가도 된다는
거 아닌가."

"그렇습니다."

사람 좋은 미소를 짓는 하대붕을 보니 뭔가 사기당하는
기분이 들기는 하지만, 곽도산은 기본적으로 흑도였다.

흑도가 뭔가.

한량이다.

생전 제대로 일을 해본 적도 없이 협박과 갈취로 자릿세
나 거두면서 이 자리까지 올라온 사람이다. 돈에 대한 탐욕
이 없었다면 진즉에 때려치웠을 일이 아닌가.

'일단 돈은 받자.'

돈이야 좋은 거니까.

곽도산은 두말없이 하대붕이 내민 서류에 서명을 했다. 하
대붕은 서명을 확인하더니 미소를 지으며 서류를 회수했다.

"이로써 성수장과 흑지주방 사이의 금전 관계는 모두 해
결되었습니다."

"네, 수고했어요."

하대붕이 뒤로 물러나자 위연호가 다시 입을 열었다.

"그럼 끝난 거죠?"

"뭐가 말이냐?"

"제가 성수장에서 돈 받아오는 일을 막아서 화가 나셨다면서요."

"그, 그랬지."

"이제 받으셨으니까 다 끝난 거 아닌가요?"

"그, 그렇지?"

곽도산이 자신도 모르게 고개를 끄덕이자, 좌걸이 다시 쪼르르 다가와 곽도산을 일깨웠다.

"정신 차리십시오, 장주님!"

"으으웅?"

"지금 말리고 계십니다."

"으웅?"

곽도산이 얼굴을 부르르 떨더니, 뒤로 한 걸음 물러서며 소리쳤다.

"어린놈이 심계가 장난이 아니구나!"

위연호는 한숨을 쉬며 고개를 돌려 하대붕을 바라보며 물었다.

"저 아저씨는 뭐하는 사람이래요?"

"…흑지주방의 방주인 곽도산입니다. 왕년에는 심계가

깊고 거친 것으로 유명한 사람이었는데…….”

“쯧쯧쯧.”

위연호는 안타까운 눈으로 곽도산을 바라보았다.

가는 세월을 누가 잡겠는가. 그의 사부도 청년일 때는 쾌
남으로 유명했다고 했다. 그런데 말년에 그렇게 꼬장꼬장한
노인네가 될 줄이야 누가 짐작이나 했겠는가.

“흥, 돈은 돈일 뿐. 흑지주방의 행사를 방해한 것을 이
딴 돈 몇 푼으로 해결할 수 있을 거라고 생각하는 것이냐?”

“몇 푼이라뇨. 돈이 얼만데.”

“좀 많긴 많지?”

“그럼요.”

슬슬 다시 삼천포로 빠지기 시작하자 좌걸이 곽도산의
팔을 잡고 당겼다.

“방주님, 좀 진정하십시오!”

“야, 그래도 내가 양심은 있는 사람인데, 금자로 스무
냥을 받아 처먹고 입을 닦을 수는 없잖아. 고맙다고 해도
모자랄 판에.”

“그게 아니지 않습니까!”

“내가 그래도 황궁에서 정치하는 인간도 아니고, 금자
스무 냥을 받았는데 어떻게 아무렇지도 않을 수가 있냐. 사
람이 그러면 천벌 받아.”

“원래 받아야 하는 돈이지 않습니까!”

"그거 어차피 못 받을 돈이었잖아."

좌걸이 가슴을 쳤다.

이 양반은 흑도 방파의 장주라는 사람이 갑자기 왜 이리 양심적이 되었단 말인가.

'아니면 양심적이어서 여기까지 올라온 걸 수도 있겠구나.'

피와 협박과 협잡이 난무하는 흑도를 감안하면 '참 훈훈한 사람이구나' 하고 박수 쳐줄 일이지만, 안타깝게도 상황이 영 좋지 않았다.

좌걸이 곽도산의 귀에다 대고 조용히 속삭였다.

"그분께서 죽이라 하셨다지 않았습니까?"

그분이라는 말이 나오자 곽도산의 몸이 부르르 떨렸다.

"그, 그랬지."

"그런데 이렇게 돈 받고 보내주면 그분이 뭐라고 하시겠습니까?"

"그래, 맞는 말이다! 그런데……."

"그런데?"

"어차피 시작이 돈 때문이었는데, 돈을 가져다 드리면 그분도 이해하시지 않을까?"

"그, 그렇습니까?"

좌걸 역시 혹하기 시작했다.

'아니, 이게 아니지!'

좌걸이 고개를 부르르 떨어 잡념을 날려 버리고는 일갈
했다.

"그분이 원하시는 건 돈이 아니라 성수장 아닙니까! 돈
을 받고 저놈들을 보내주게 되면 성수장이 다시 살아날 것
인데, 그 일을 어떻게 감당하시려고 하십니까?"

"아……."

"그리고 저거 안 보이십니까? 저거?"

좌걸이 가리키는 곳을 보니 차곡차곡 쌓여 있는 금자가
보인다.

"여기서 숙삭해 버리면 저것도 다 방주님의 것이 되는
겁니다."

꿀꺽.

열려 있는 궤짝 안으로 보이는 금자를 보니 자신도 모르
게 침이 삼켜졌다.

'저게 다 얼마야?'

도무지 상상할 수도 없는 거금이었다.

"그런데도 그냥 가시겠습니까?"

"좌걸."

"예, 방주님."

"흑도에서 살아남는 방법이 뭔지 아느냐?"

"아직 거기까지는 깨우치지 못했습니다."

"간단하다. 건드리는 놈이 있으면 지옥 끝까지 따라가서 응징하는 것이지. 상대가 나를 쉽게 보지 못해야 내 구역을 지킬 수 있고, 내 식구를 지킬 수 있는 법이다."

"지당하신 말씀이십니다."

물론 조금 전까지는 전혀 지당하지 않으셨지만 말입니다.

마음을 굳힌 곽도산의 눈이 차갑게 가라앉았다.

"애송이 놈, 성수장과 우리의 채무 관계는 끝났다는 것을 인정하마. 하지만 흑지주방의 행사를 방해한 네놈을 그냥 둘 수는 없다. 원망을 하려거든 그 상황에 끼어든 네놈의 방자함을 원망하거라."

위연호는 곽도산의 말을 듣고는 고개를 갸웃했다.

"그러니까, 저랑 싸우겠다는 거죠?"

"후후후, 싸움이라……. 이런 건 보통 응징이라고 한단다."

"응징이라……."

위연호가 볼을 긁적이더니 피식 웃었다.

"거, 후회하실 텐데."

다들 그랬듯이 말이다.

27장
게으름뱅이, 검을 잡다

위연호는 자신을 노려보는 곽도산의 시선을 슬쩍 피하여
진소아를 바라보았다.

"매우 억울한 상황 같은데?"

"뭐가 말입니까?"

"이게 누구 때문인 것 같냐?"

"공자님께서 워낙에 오지랖이 넓으신 탓이지요."

"그래?"

위연호는 볼을 긁었다.

"사람은 이래서 자기 일만 챙겨야 한다니까. 남의 일에
나서서 좋은 꼴 봤다는 사람을 본 적이 없는데."

"좋은 교훈을 얻으셨군요."

얄밉다.

매우 얄밉다.

"에효."

하지만 뭐 어쩌겠는가, 위연호가 자처한 일인 것을.

"그러니까, 싸우겠다는 거잖아요?"

곽도산은 손을 내저었다.

"나는 그렇게 폭력적인 사람이 아니다."

"맞는 거 같은데?"

"큰 오해지. 내가 폭력만 아는 사람이었다면 이 험한 호
북의 흑도에서 이 정도의 입지를 쌓을 수는 없었을 것이
다."

"그야 저는 모르죠."

당장 곽도산이 누군지도 모르는 위연호로서는 전혀 와
닿지 않는 말이었다.

"그래서 싸우지 않고 해결할 방법이 있다는 건가
요?"

"언제나 차선은 있는 법이지."

곽도산이 씨익 웃으며 말했다.

"성수장에 대한 권리를 포기하고 지금 가지고 있는 돈을
모조리 내려놓고 간다면 목숨은 살려주마."

"방주님."

좌걸이 또 뭔가를 말하려 하자 곽도산이 손을 내밀어 말을 저지했다.

　"그분께서 제거하라고 하신 이유는 저놈이 방해가 되었기 때문이다. 하지만 방해가 되지 않는다면 굳이 놈을 제거할 필요가 없다. 이득이 되지 않는 일이야."

　"그러시다면야."

　좌걸이 납득하고 물러나자 곽도산이 으름장을 놓았다.

　"어떻게 하겠느냐? 목숨은 살려 돌아가겠느냐, 아니면 여기서 얼마 살지도 못한 삶을 마무리하겠느냐?"

　"……에."

　위연호가 의자에 철푸덕 앉더니 고민에 빠진 듯한 얼굴로 진소아에게 물었다.

　"오늘 저녁밥은?"

　"저녁밥이요?"

　"응. 생각해 보니 언제 돌아간다는 말을 하지 않았으니, 지금 돌아가면 밥이 없지 않을까?"

　"그, 그렇겠죠."

　"그럼 먹고 들어가는 게 맞을까?"

　진소아는 이 미친놈이 갑자기 왜 이러는지 도통 이해를 할 수 없었다. 지금 이 상황에서 저녁밥으로 생각이 돌아간다는 것 자체가 일반인은 할 수 없는 짓이었다.

"급격한 상황 변화를 이기지 못하고 현실 도피를 하시는 모양인데… 지금 상황이 영 좋지 않습니다, 위 소협."

"나도 상황이 영 좋지 않다. 자고 싶은데."

"영원히 자게 될 수도 있습니다."

"그것도 나쁘지는 않은 듯한데……."

위연호는 아쉽다는 듯 입맛을 다셨다.

"그런데 먹어야 하니까."

영원히 자면 더 이상은 먹을 수 없으니까, 그 부분은 사양이었다. 게다가 가족도 한 번은 봐야 하고.

"이놈들이 지금 나랑 장난하자는 거냐!"

곽도산이 위연호의 하는 꼴을 보더니 부들거리며 소리를 질렀다.

"감히 호북 흑도의 황제, 나 흑지주 곽도산을 앞에다 두고 딴짓을 해?"

곽도산이 입에서 불을 뿜을 기세로 씩씩대기 시작했다.

위연호가 그 광경을 보더니 하대붕에게 물었다.

"저 아저씨 별호가 흑지주예요?"

"그렇습니다."

"흑돈(黑豚)이 더 맞을 것 같은데? 검정 멧돼지?"

"왕년에는 홀쭉했습니다."

"그런데 왜 저리됐대요?"

"못 먹고 살던 사람이 진미를 맛보기 시작하면 살이 찌는 법이지요. 흑도에서 구르던 사람이 책상머리에 앉기 시작하면 더 저리됩니다."

"운동 좀 하지."

위연호가 안타깝다는 듯 곽도산을 바라보자 곽도산은 마침내 발작하고 말았다.

"크아아아아!"

사람을 앞에다 두고 품평이라니! 기본적인 예의도 없는 것들.

"뭐하느냐! 당장 저놈의 목을 가져오거라!"

"예!"

곽도산의 말에 주위에서 호위하던 이들이 위연호를 향해 우르르 몰려들기 시작했다.

"방주님! 안 됩니……."

좌걸이 기겁을 하여 곽도산을 말리려 했지만, 호위들이 위연호에게 달려드는 것이 조금 더 빨랐다.

"어구."

위연호가 손을 내저었다.

"일단 대화를 하시고!"

"닥쳐랏!"

위연호는 자신을 향해 날아드는 칼과 도끼들을 보며 울

상을 지었다.

"끄응."

위연호의 손이 절로 반응하기 시작했다. 백무한이 무려 오 년 동안이나 박아 넣은 본능은 어떠한 상황에서도 철저한 회피와 반격을 보여주었다.

쾅! 쾅! 쾅! 쾅!

한순간에 호위들은 날아오던 속도보다 더 빠른 속도로 사방으로 튕겨져 나갔다.

와장창!

뒤로 날아간 이들은 좀 나았다.

위쪽으로 치솟은 이들이 지붕을 뚫고 밖으로 튕겨져 나갔다. 뻥 뚫려 버린 천장으로 밝은 빛이 들어와 실내를 환하게 밝혀주었다.

"……해 지려면 멀었네."

"이 와중에도 밥 생각이 나십니까?"

"사람한테 제일 중요한 건 잠이랑 밥이란다."

"끄응."

공감이 가는 말이기도 하면서, 전혀 공감이 가지 않는 말이었다.

"일단은 목숨 아닙니까?"

"죽기야 하겠어?"

위연호는 태연하게 고개를 돌려 곽도산을 바라보

았다.

"이, 이게 무슨 일이야?"

곽도산은 어안이 벙벙한 듯 자꾸만 눈을 끔뻑끔뻑 떴
다.

"그래서 제가 뭐라고 했습니까."

좌걸이 그런 곽도산을 슬슬 긁었다.

"보통 놈이 아니라고 했지 않습니까! 고수라구요!"

"고수라도 정도가 있지……."

호북의 뒷골목을 평정한, 흑지주방에서도 고르고 골
라 호위로 쓰고 있는 녀석들이 단숨에 다들 피떡이 돼
서 사방으로 골고루 뿌려질 줄이야 누가 상상이나 했겠
는가.

'이건 견적이 안 나온다.'

흑도에서 살아온 수십 년.

수많은 위기와 수많은 격전을 겪으면서도 곽도산이 지금
까지 살아남을 수 있던 이유는 계산을 잘했기 때문이다. 특
히나 흑도에서는 상대와 자신의 간격을 잘 파악하는 것이
무엇보다 중요했다.

위연호의 단 일수로 곽도산은 사태 파악을 끝냈다.

곽도산이 열 명이 있다고 해도 저 어린놈 하나를 감당할
수 없을 것이다.

"어, 어디서 이무기 내단이라도 처먹었나?"

위연호는 손사래를 쳤다.

"그런 건 못 먹어봤어요. 비슷한 건 먹긴 먹었는데."

위연호가 고민에 빠졌다.

천하제일급 고수의 내단을 먹은 거면 이무기 내단을 먹은 것과 그리 차이가 없는 기연이라고 할 수 있을 것 같기는 한데…….

"딱히 이득 본 게 없는데."

기연을 얻기는 했는데, 그 기연이 사람을 괴롭히는 데 특화되어 있다는 것이 문제였다. 실제로 그의 뱃속에 들어가 있는 백무한의 내단은 위연호의 성취가 늦어진다면 그의 기를 빨아들여 목내이처럼 만들어 버리는 장치가 아니던가.

"기연이 다 좋은 건 아닌 것 같더라구요."

"뭔 소리냐, 이놈!"

"에, 설명하자면 기니까…… 그냥 설명 안 할래요."

"어, 어린놈이!"

성격 같아서는 당장에라도 저 어린놈의 목을 쭉 뽑아서 걷어차 버리고 싶지만, 지금 저 어린놈에게 달려들었다가는 곽도산이 그렇게 될 판이었다.

"미리 엄살을 부려두기를 잘했지."

곽도산이 한숨을 쉬고는 뒤쪽을 향해 소리쳤다.

"귀인들께서 좀 도와주셔야겠습니다."

곽도산의 외침에 주렴 밖에서 인기척이 일었다.

저벅저벅.

검은 흑의로 전신을 감싸고 검은 죽립을 푹 눌러쓴 이들이 한 쪽 옆구리에 칼을 차고 천천히 주렴을 젖히며 안으로 들어왔다.

"응?"

위연호는 그 광경을 보며 고개를 갸웃했다.

"아는 사람들입니까?"

"아니."

"그런데 왜 그러세요?"

"뭐가?"

"아는 눈치 같아서요."

"아니, 나는 저렇게 대놓고 '나 수상한 사람입니다' 하고 다니는 사람들은 무슨 생각인가 해서 말이야."

"……그러고 보니."

검은 야행복에 검은 죽립이라니. 저런 복장으로 잘도 대로변을 돌아다녔구나 싶었다.

"뭘 해주면 되지?"

곽도산은 다짜고짜 반말을 내뱉는 흑의인을 보고 순간 울컥했지만, 표정으로 그것을 드러내지는 않았다. 그분을 따라다니는 자들이라면 곽도산 자신과는 신분과 무공이 비교가 되지 않을 것이 빤했다.

"저 어린놈을 처리해 주시오."

흑의인의 죽립이 살짝 들렸다.

"알았다."

"으음."

곽도산은 자신도 모르게 고개를 끄덕이고 말았다.

보통 이런 경우라면 거들먹대면서 저런 놈을 상대하는 데 자신 같은 이를 불렀느냐고 하는 이들이 대다수다. 곽도산도 비슷한 경우를 많이 겪었고, 본인이 그렇게 행동한 적도 많았다.

하지만 이들은 상대를 경시하는 마음이 전혀 없는지, 어떠한 불만도 표하지 않고 바로 자세를 잡았다.

'이런 자들을 수족으로 부리는 그분은 얼마나 대단한 것인가.'

새삼 그분에 대한 존경심과 두려움이 무럭무럭 샘솟는 곽도산이었다.

"감정은 없다."

스르릉.

가장 앞에 서 있던 흑의인이 검을 뽑아 들더니 저벅저벅 위연호를 향해 걸어갔다.

"흐음."

위연호는 그 광경을 보더니 조금 심각한 얼굴이 되었다.

"소, 소협."

진소아가 보기에도 이번에 등장한 이들은 분위기가 달랐다. 그가 위연호를 걱정스레 불렀지만, 위연호는 미동도 하지 않은 채 흑의인들을 뚫어져라 바라보았다.

"아까 내가 한 말 있잖아."

"네?"

"그거 정정해야겠다."

"뭔 소리세요?"

"뭔가 아는 분위기가 풍기는데."

위연호가 머리를 긁적이기 시작했다.

"어디선가 본 거 같은 건 사실인데, 어디서 봤는지를 모르겠네. 최근 오 년 동안은 본 적이 있을 리 없으니 그전에 봤을 텐데 말이야."

위연호는 다가오는 이의 자세와 보법이 어쩐지 낯이 익다고 느꼈다. 정확하게 어디서 본 것인지는 알 수 없지만, 분명 과거 어디선가에서 본 듯한 느낌이 자꾸 들었다.

"끄응, 머리가 안 돌아가네."

기억이 날 듯 날 듯 나지 않았다.

그럴 때는 직접 물어보는 것이 가장 좋은 방법이다.

"아저씨, 어디서 오셨어요?"

흑의인의 발이 멈칫했다.

"……그건 왜 묻지?"

"우리 어디서 본 적 없나요?"

"없다."

"이상하네. 어디서 본 듯한 느낌이 드는데. 내가 요즘에 검은 옷 입은 사람들이랑 자꾸 얽혀서 그런 건가?"

위연호가 고개를 갸웃거렸지만, 흑의인은 대꾸 없이 저벅저벅 걸어오더니 손에 든 검을 들어 올렸다.

"염왕에게 물어보면 대답해 줄 것이다."

"헐, 그런 심한 말을."

파아앙!

순간, 흑의인의 손에 들린 검이 전광석화처럼 위연호를 향해 날아들었다.

콰당!

위연호의 의자가 그대로 뒤로 넘어가며 바닥으로 쓰러졌다.

"와, 놀래라."

위연호가 눈을 꿈뻑꿈뻑 떴다.

기세도 없이 걸어오기에 적당히 투닥거릴 줄 알았는데, 순간적으로 날아든 검의 속도는 위연호가 아니었다면 아무것도 모르고 목을 내줄 만큼이나 쾌속무비했다.

'이게 암검(暗劍)이라는 것인가?'

사부에게 들은 적이 있었다.

세상으로 나가면 상대를 어떻게든 죽이는 것에만 특화된 검법이 있다는 것을.

보통은 암살자들이나 자객들이 사용하는 검으로, 기척 없이 상대를 슥삭해 버리는 것을 목적으로 한다고 했다.

"그리고 음……."

위연호의 머리에 사부의 말이 떠올랐다.

"그런 인간들은 대개 사람을 수도 없이 죽인 놈들이다. 절대 봐주지도 말고 경시해서도 안 된다. 가장 좋은 방법은 보는 즉시 다 잡아 족쳐 버리는 것이다. 명심해라!"

"으음……."

귀찮다. 매우 귀찮다.

하지만 사부가 그렇게까지 말했는데 대충 상대하기도 껄끄러운 일이 아닌가.

위연호는 뒤로 한 바퀴를 데구루루 구른 다음에 몸을 일으켰다.

"아저씨."

위연호가 하대붕을 보며 말했다.

"말씀하시지요, 공자님."

"검 한 자루 줄래요?"

위연호가 옆으로 손을 뻗었다.

"검 말입니까?"

"네."

하대붕은 위연호의 말에 살짝 놀랐지만, 두말없이 부하를 불렀다.

"검."

허리에 차고 있던 검이 하대붕에게로 넘어오자, 하대붕은 그 검을 위연호에게 내밀었다.

"여기 있습니다."

위연호는 검을 받아 들고는 검집을 뽑아 하대붕에게 건네고, 다시 검을 두어 번 흔들어보았다.

"느낌이 이상한데."

수련을 받을 때 항상 쓰던 애검이 아니다 보니 무게감이 달랐다. 하지만 어쩌겠는가, 그의 검은 동굴을 나온 이후로 봇짐에서 한 번도 밖으로 나온 적이 없는데.

이럴 줄 알았으면 들고 나왔겠지만, 게으름뱅이인 위연호가 상황을 미리 짐작하고 무거운 검을 들고 나온다는 것은 있을 수 없는 일이었다.

"빨리 하죠, 빨리."

위연호가 검을 두어 번 흔들고는 앞으로 나섰다.

가만히 그 광경을 지켜보고 있던 흑의인이 눈을 가늘게 떴다.

저 우스꽝스러운 광경을 지켜봐 주고 있던 것은 그에게 특별한 자비심이 있어서가 아니었다.

오히려 그 반대였다.

'피했다.'

그의 검은 기척 없이 나아간다. 그 말인즉, 검격을 날릴 때 예측하고 피하는 것이 불가능하다는 의미였다.

다른 이들이 보았다면 천천히 거리를 좁히고 다짜고짜 검을 뽑아 휘두른 그 광경이 어색하게 보였을지 모르지만, 흑의인의 뇌리에서는 모두가 계산된 것이었다.

그런데 피해냈다.

의자를 뒤로 눕혀 바닥에 쓰러지기는 했지만, 결과적으로 보자면 그의 검격을 완벽하게 피해낸 것이다.

"합공한다."

판단은 빠르고 정확했다.

맨몸으로도 그의 검격을 피해낼 수 있는 사람이라면 무기를 들었을 때 얼마만한 위력을 낼지는 짐작할 수 없었다. 변수를 줄이기 위해서라면 상대를 경시하지 않는 것이 중요했다.

일반적인 무인이라면 그들보다 어린아이를 상대로 합공을 한다는 결론을 내릴 수는 없었겠지만, 그들은 오로지 효율을 중시할 뿐, 체면 같은 것에는 신경을 쓰지 않았다.

금화장으로 들어온 다섯의 복면인이 모두 위연호를 향해 다가섰다.

"비, 비겁한 놈들!"

진소아가 버럭 소리를 질렀지만, 하대붕이 그런 진소아
를 잡아 뒤로 끌어당겼다.

"잠시만요! 지금 저놈들이 비겁하게 여럿이서!"

"공자가 옆에 있는 것이 더 방해가 됩니다."

하대붕은 깔끔하게 진소아의 반항을 제압하고는 멀찍이
뒤로 물러났다.

'눈치 빨라서 좋네.'

상인이다 보니 계산이 빨랐다. 이미 위연호가 은하전장
에서 난장을 피우는 광경을 본 하대붕이다 보니 자신들이
딱히 위연호에게 도움이 되지 않을 것이라는 걸 알고 있는
모양이었다.

'일이 점점 꼬이는데……'

대충 돈만 따 갈려고 했는데 일이 자꾸만 꼬이는 기분이
었다. 이럴 때는 차라리 모든 일을 빠르게 해결해 버리는
게 쉴 시간이 조금 더 난다.

"안 와요? 그럼 내가 갈까요? 움직이기 귀찮은데, 그쪽
에서 좀 오면 좋을 것 같은데."

그 말이 끝나기가 무섭게 흑의인들이 위연호의 주위를
둘러쌌다.

충분한 거리를 두고는 있지만, 그 자체만으로 위압감이
느껴진다.

위연호는 생전 처음 겪어보는 음울한 살기에 얼굴을 일그러뜨렸다.

"으, 끈적끈적해."

이들의 강함이야 감히 백무한과 비교할 수 있겠냐마는, 사람을 뭔가 조급하게 만드는 끈적한 살기는 위연호를 거슬리게 하기에 충분했다.

"하암."

위연호는 크게 하품을 하고는 앞을 바라보았다.

위연호가 입을 열자 검을 겨누고 있던 흑의인들이 소리 없이 순간적으로 거리를 좁혔다.

그리고…….

파공음 한 점 없이 장난처럼 검이 찔러 들어왔다.

아무런 소리도 나지 않기에 위협적으로 보이지는 않았지만, 실제 검이 찔러 들어오는 속도는 지켜보는 이들이 기겁을 할 만큼이나 빨랐다.

하지만 위연호는 여전히 하품을 하며 쩍 벌린 입을 다물지 않은 채로 우수에 든 검을 장난처럼 휘저었다.

챙! 챙! 챙! 챙! 챙!

다섯 번의 깔끔한 금속음과 함께 위연호를 찔러 들어가던 다섯의 흑의인이 모두 뒤로 훌쩍 물러나 당황한 듯 시선을 교환했다.

'허점이 순간적으로 사라졌어.'

아무리 봐도 지금 위연호는 허점투성이다. 공격을 해 들어갔을 때도 대체 어디를 찔러야 할지 고민이 될 정도로 전신이 모두 허점으로 가득한 것만 같았다.

그런데 검이 몸에 닿을 순간이 되자 거짓말처럼 위연호의 몸에 찌를 곳이 보이지 않았다.

'이해할 수 없는 일이다.'

하지만 이해할 수 없다고 해도 달라질 것은 없었다. 그들이 받은 명령은 흑지주방주를 따라가서 혹시 있을지 모르는 일에 대비하는 것.

특히나 방해물이 될지도 모르는 어린 고수라는 자가 위협이 된다면 반드시 제거하라는 명을 받았다. 이런 도박장까지 그들을 따라온 것이 바로 그런 이유에서였다.

필요하다면 소 잡는 칼로도 닭을 썰어야 할 때가 있다는 것을 이해하는 그들이기에 두말없이 따라온 것이지, 이런 상황이 아니었다면 어린놈을 상대한다는 것 자체에 자존심이 상했을 만한 상황이었다.

'오길 잘했군.'

"경시하는 마음을 버려라."

철저히 훈련된 부하들이 그런 마음을 먹을 리는 만무하지만, 흑의인은 다시 한 번 그들을 다잡았다.

"방심은 실패의 원인이 되지 않는다. 변명을 할 바에는 혀를 무는 게 나을 것이다."

"예."

위연호는 자신의 주위에서 울리는 목소리를 들으며 고개를 끄덕였다.

"방심했다는 건 변명이 아니다. 방심했다는 것은 자신이 얼마나 멍청했는가를 증명하는 것이지. 목숨이 두 개쯤 있는 놈이라면 방심이란 것을 해도 될 것이다. 하지만 너도 나도 목숨은 하나뿐이니, 방심이라는 말은 꿈에서도 생각하지 말거라."

"그때 엄청 맞았는데……."

사부는 죽어도 이리 살아 있으니 목숨이 두 개쯤 되는 거 아니냐고 했다가 돌주먹으로 전신을 난타당했지. 그때를 생각하니 새삼 삭신이 저려오는 느낌이었다.

"내가 목숨이 두 개지."

그만큼을 맞고도 살아 있으니 목숨이 두 개라고 해도 과언이 아니었다.

"방심을 하게 만들어나 주고 방심하지 말라고 해야지."

시도 때도 없이 자든 말든 상관없이 사람을 후드려 패던 게 누군데 방심하지 말라는 말을 한단 말인가. 방심했다가는 그 돌주먹에 얻어맞아서 삼 일을 끙끙 앓아야 했는데.

그나마 돌주먹으로 맞을 때는 다행이었다.

나중에 사부가 검을 들었을 때는 정말 곡소리가 났다.

주먹으로 맞을 때도 살려 달란 소리가 입에서 폭포처럼 흘러나왔는데, 검을 들었을 때는 그런 말을 할 겨를도 없었다.

"으으……."

끔찍한 기억을 떠올린 위연호가 몸을 부르르 떨었다.

여튼 이들도 방심하지 않는 자세를 가진 무인이라고 하니, 제대로 상대해 주고 싶은 마음이 들었다.

'얼마 만이더라?'

동굴에서 나오고 나서는 진검을 드는 것이 처음인 것 같았다.

검을 잡고 있으니 마음이 안정되는 느낌이 든다. 동굴에 있을 때는 죽어도 잡기 싫은 검이었지만, 오 년 동안 단 한 번도 손에서 떼지 못했던 게 검이다 보니 이제는 신체의 일부로까지 느껴질 정도였다.

"쳐라!"

자신을 향해 달려드는 흑의인들을 보는 위연호의 눈이 낮게 가라앉았다.

위연호의 검이 천천히 중단으로 향한다.

중단세.

검을 쓰는 자들이 가장 먼저 익혀야 할 기본 중의 기본.

중단세를 잡자 칼날 같은 경기가 위연호의 몸에서 뿜어져 나오기 시작했다.

흑의인은 직감적으로 뭔가 잘못되었다는 것을 느꼈다.

검을 들지 않은 위연호와 검을 든 위연호는 전혀 다른 사람이었다.

그 사실을 조금 더 빨리 알아차려야 했다.

"초식에 연연하지 마라."

"알고 있어요."

위연호는 귓가에 들려오는 것 같은 사부의 말을 떠올리며 검을 잡았다.

시작은 부동심.

상대의 검이 다가온다고 해서 마음이 흔들려서는 안 된다. 얼음장 같은 마음으로 검을 잡아야 모든 상황에 대처할 수 있다.

그다음은 검에 마음을 담을 것.

검은 그저 검일 뿐이다.

쇠붙이에 불과한 것에 의지해서는 안 되지만, 그 쇠붙이에 자신을 싣지 않으면 진정한 검은 시작되지 않는다. 의지

하지 않되, 믿어야 하는 역설이 검사의 기본.

다음은 가슴이 아닌 머리다.

최적의 검격, 최적의 배분.

완벽한 검은 냉철한 이성이 만드는 법이었다.

위연호의 검이 우웅, 하며 검명을 일으키더니, 천천히 좌우로 흔들리기 시작했다.

우우웅.

천천히 흔들리던 위연호의 검이 급격하게 떨리기 시작하더니, 이내 빛살처럼 퍼져 나가며 위연호의 몸을 모두 감싸 버렸다.

'뭐야?'

흑의인은 심장이 목구멍으로 튀어나올 듯 놀랐다.

저게 대체 무슨 조화란 말인가!

하지만 놀랄 틈이 없었다. 위연호의 몸을 둘러싼 수백, 수천 개의 검영(劍影)이 새하얗게 빛을 내뿜는다 싶더니, 이내 사방으로 뿜어졌다.

"흐아앗!"

죽는 그 순간까지도 비명을 지르지 않도록 철저하게 훈련된 그이지만 이 기사(奇事)에는 도무지 입을 닫고 있을 수 없었다.

위연호의 몸에서 뿜어져 나온 새하얀 빛의 검들이 그들의 몸을 여지없이 꿰뚫었다.

콰아아앙!

그리고 남은 검영들은 머리 위로 치솟아 올라 금화장의 천장을 모조리 부수어 버렸다.

환한 빛이 안으로 내리쬔다.

털썩.

털썩.

채 위연호의 몸 주변에도 접근하지 못한 이들이 다 그 자리에 쓰러졌다.

위연호는 들고 있던 검을 내리면서 입을 열었다.

"기혈을 자르고 무공을 폐쇄했으니, 앞으로는 검을 쓰지 못할 겁니다. 당신들이 어떠한 삶을 살아왔든 앞으로는 다른 이들을 해치지 못할 거예요. 힘이 있다고 타인을 억누르고 살아온 대가를 치르도록 하세요."

진소아는 근엄하게 말하는 위연호를 보며 입을 쩌억 벌렸다.

저 인간이 저런 면이 있었나?

위연호는 검을 휘휘 돌리고 마음에 안 든다는 듯 고개를 갸웃했다. 그러고는 고개를 들어 하늘을 바라보았다.

뻥 뚫려 버린 천장을 보고 입맛을 다신 위연호가 고개를 설레설레 저었다.

"사부가 말하기를, 검에 구애 받지 않은 경지에 오르라 했는데, 아직 멀었구나."

애검이 아니다 보니 생각한 것처럼 검영이 마음대로 움직이지 않았다. 혹시나 다치는 사람이 있을까 싶어 남은 검격들을 모두 천장으로 쏘아버렸더니 이런 꼴이 되어버렸다.

다친 사람은 없는 것 같아 다행이지만, 천장에 세 들어 살고 있는 서생원이라도 있었다면 참 안타까운 일이 아닐 수 없었다.

"처, 천장이……."

강천립이 거품을 물자 위연호가 미안해하는 얼굴로 말했다.

"수리비는 저쪽에 받으세요. 고의로 그런 건 아니지만, 일단 미안합니다."

"끄으으윽."

마침내 강천립이 거품을 물고 쓰러지자 위연호는 고개를 젓고 말았다.

이 일도 해결해야 하지만, 지금은 중요한 게 아니다.

바닥을 기고 있는 흑의인들을 보며 위연호가 눈살을 찌푸렸다.

'뭔가 익숙한데 말이야.'

그의 인생을 돌이켜 볼 때, 암검(暗劍)을 견식할 기회가 있을 리 없는데도 이상하게 익숙한 느낌이 났다.

"뭐, 언젠가는 알게 되겠지."

저런 이들은 물어본다고 대답을 해주는 사람들이 아니다.

암검을 쓰는 이들이 얼마나 지독한지는 사부에게 들어서 잘 알고 있었다. 저런 이들의 입을 열려면 지독하게 고문을 해야 하는 법인데, 위연호는 자신이 그럴 만한 심성을 가지지 못했다는 사실 역시 알고 있었다.

괜히 힘을 빼느니 조금 궁금하더라도 포기하는 게 낫다.

귀찮기도 하고.

위연호가 그들을 바라보다가 고개를 들었다.

"히익?"

위연호와 눈이 마주친 곽도산이 기겁을 하여 뒤로 물러났다.

"에, 그러니까……."

위연호가 뒷머리를 긁었다.

"누굴 죽이겠다고 했죠?"

씨익 웃는 위연호의 미소는 참으로 부드러웠지만, 곽도산에게는 악귀나 다름없어 보였다.

"고, 공자."

곽도산의 이마에 식은땀이 흐르기 시작했다.

저 어린놈이 이런 괴물일 줄을 누가 알았는가.

"으음, 어쩔까?"

"뭐, 뭘 말입니까?"

위연호가 싱긋 웃으며 말했다.

"사부가 말하기를, 지나가는 나쁜 놈들을 일일이 잡아 족칠 필요는 없지만, 나를 건드린 나쁜 놈을 그냥 내버려 두는 것은 사부에 대한 모독이나 다름없다고 했거든요."

곽도산의 다리에 힘이 풀렸다.

"아무래도 그냥 넘어가자니 찜찜하네요. 제가 좋은 제자는 아니지만, 그래도 우리 영감님이 말하는 건 웬만하면 지키려고 하는 편이라."

"하하하, 공자님, 이제 성인이 되셨는데 스스로의 길을 가셔야지요."

"그래서 가려구요."

"네?"

"가시죠."

"……어딜 말입니까?"

"오신 곳으로요."

위연호가 빙그레 미소를 지었다.

"안 그래도 저번에 성수장에서 하시는 걸 보고 조금 찜찜하다고 생각했거든요. 저분이 워낙 마음이 고우셔서 그냥 내버려 두기는 했는데……."

곽도산이 '저분'에게로 시선을 돌렸다.

좌걸이 엉거주춤한 자세로 어찌할 바를 몰라 하고 있

었다.

살다 보니 좌걸이 착하다는 소리도 듣고 다니는구나.

이제는 정말 은퇴할 때가 된 것 같았다.

"……제가 실수를 한 것 같은데, 사람이 실수 한 번은 할 수 있는 것 아니겠습니까?"

"흐음, 실수 같지는 않은데……."

"정말 실수입니다."

곽도산이 그 자리에 무릎을 꿇더니 고개를 조아렸다.

"한 번만 용서를 해주신다면 개과천선하고 사람답게 살겠습니다."

위연호가 부드럽게 고개를 끄덕였다.

"개과천선은 좋은 거지요. 그런데 사람들의 고혈을 빨아먹던 분들이 갑자기 개과천선을 한다고 하는데, 그걸 믿으라고 하는 건 좀 무리한 것 아니겠어요?"

"그럼 어떻게 해야……."

"음, 죽이는 건 너무 과한 거 같고…… 같은 방식으로 가지요."

"같은 방식요?"

곽도산의 눈이 바닥에 쓰러져 있는 흑의인들에게로 향했다.

단전을 폐쇄당하고 쓰러져 있는 흑의인들을 보자 정신이 번쩍 들었다.

"단전을 폐쇄하겠다는 말씀이십니까?"

"말을 참 잘 이해하시네요. 나는 말이 잘 통하는 사람이 좋더라."

"……다른 방법은 없습니까?"

"사실 오늘 처음 본 입장에서 신뢰 관계를 가진다는 것은 매우 어려운 일이 아닐까 싶어요."

곽도산이 입술을 질끈 깨물고는 자리에서 벌떡 일어났다.

"그렇게는 못하겠다!"

흑도에서 평생을 살아온 그에게 단전을 폐쇄하라는 말은 죽으라는 말과 마찬가지였다.

곽도산은 문답무용으로 위연호에게 달려들었다.

"어라?"

위연호는 맹렬한 기세로 자신에게 달려드는 곽도산을 보며 고개를 갸웃했다.

"성질이 엄청 급하시네."

위연호가 손을 휘저었다.

"끅!"

그 순간, 곽도산이 아랫배를 잡고 바닥으로 딩굴었다.

'다, 단전이……'

몸 안에 모인 공력이 빠져나가는 허탈감에 곽도산은 입을 헤 벌리고 침을 흘렸다. 수십 년을 고련해 온 공력들이 일순 흩어지는 느낌은 겪지 않은 이들이라면 모를 것이다.

위연호는 그 광경을 가만히 보다가 고개를 돌려 좌걸을 바라보았다.

"다시 뵙네요."

"네? 넵! 그렇습니다, 공자님!"

"전에 뵈었을 때는 착한 분 같더니, 왜 이런 양반들이랑 어울리시고 그러세요."

"……먹고살려다 보니."

"슬픈 이야기네요."

위연호는 좌걸에게 다가가 그의 어깨를 두드렸다.

"그럼 안내하시죠."

"어딜 말입니까?"

"그 거미방인지 흑지주방인지 하는 곳으로요."

"……."

위연호의 전신에서 두둑거리는 뼈 소리가 났다.

"어서요."

"……네."

그리고 그날로…….

호북 최대의 규모를 자랑하던 흑지주방은 깔끔하게 망해 버렸다.

"얘는 어딜 간 거지?"

진예란은 굳은 얼굴로 해가 져 어둑해진 하늘을 바라보았다.

돌봐야 할 환자도 많은데 아침부터 진소아가 보이지 않는다 싶더니, 해가 지도록 돌아오지 않았다.

"환자를 팽개치다니."

진예란은 화가 치미는 속을 달랬다.

아직 어린 나이이니 놀고 싶은 마음이야 이해 못할 리가 있겠는가. 하지만 아무리 그렇다 해도 의원이란 업을 진 이가 환자를 돌보지 않고 밖을 나돌아 다니는 것은 결코 용납할 수 없는 일이었다.

"왜 갈수록 삐뚤어져만 가는지……."

진예란은 깊은 한숨을 쉬었다.

"어머님."

목에 걸려 있는 어머니의 유품을 어루만지며 진예란은 눈가에 차오르는 눈물을 닦아냈다.

진소아를 훌륭한 의원으로 키워내 가문을 부흥시키라시던 어머니의 유언을 생각하면서 진예란은 마음을 다잡았다.

'내가 모자랐던 탓이다.'

아이의 머리가 굵어지면 자기 의견이 강해지는 것은 당연한 일이건만, 이전과 같이 대해왔으니 엇나가는 것은 필연적인 수순이었다.

'좀 더 관심을 가졌어야 하는 것인데.'

진소아가 자신에게 부여된 과중한 사명을 힘겨워할 수 있다는 것은 알고 있었다. 하지만 성수장을 이어받을 이라면 당연히 견뎌내야 하는 일이라고 생각했기에 지금까지는 엄히 다스려 왔던 것이다.

진예란은 진소아가 돌아오면 좀 더 깊은 이야기를 해봐야겠다고 다짐했다.

"누님! 누님!"

그때, 진소아가 대문을 박차고 안으로 들어왔다.

"이 밤에 웬 소란이냐!"

진예란은 슬쩍 고개를 돌려 눈가에 흐른 눈물을 닦아냈다. 그러면서도 목소리에서 물기가 묻어나지 않도록 신경을 쓰는 것도 잊지 않았다.

"누님! 어서 나와보세요! 어서요!"

진소아의 호들갑에 진예란은 몸을 일으켰다.

'무슨 일이지?'

진소아가 아직 어리다고는 하나 심성이 진중한 바가 있어서 웬만한 일에 저리 호들갑을 떨 아이가 아니었다. 환자가 왔다면 모를까, 지금 진소아의 목소리에는 다급함이 아닌 기쁨이 어려 있지 않은가.

방 밖으로 나가보니 대문으로 진소아와 반쯤 녹초가 되어 있는 위연호가 들어오고 있었다.

위연호는 어디서 사 입었는지 그럴싸한 비단옷을 입고 있었는데, 그 비단옷이 먼지에 뽀얗게 바라 있었다.

'웬 거지꼴?'

위연호도 그렇지만, 진소아도 거지꼴이 따로 없었다. 저런 꼴로 잘도 돌아다녔구나 싶었다.

"놔! 놔봐!"

위연호가 자신을 질질 끌고 가는 진소아의 팔을 떨쳐 내더니, 어울리지 않게 빠른 속도로 자신의 방을 향해 돌진했다.

"나는 할 것 다 했다! 앞으로 십 년은 더 여기서 죽치면서 얻어먹어도 너는 할 말 없는 거야! 이제 더 귀찮게 하지 마! 나 잘 거야!"

위연호가 일갈을 하더니, 쿵! 소리가 나게 문을 닫고 방으로 들어가 버렸다.

하지만 의아한 것은 진소아의 태도였다.

위연호가 예의를 밥 말아 먹은 모습을 보였는데도 진소아는 마냥 좋다는 듯 위연호가 들어간 방을 향해 연신 고개를 숙이고 있었다.

"위 소협! 편히 쉬십시오! 식사는 안 하셔도 되겠습니까?"

"안 먹어!"

"예예."

진소아가 헤벌쭉 웃더니 진예란에게 후다닥 달려왔다.

"누님!"

"웬 소란이냐."

"누님! 누님! 제가 오늘 뭘 하고 왔는지 아세요?"

"으응?"

보통은 이리 언성을 높이면 찔끔하기 마련인 진소아였는데, 오늘은 씨알도 먹히지 않고 있었다. 화가 나기보다는 궁금하다. 대체 무슨 일이 있었는데 진소아가 이리 좋아하고 있단 말인가.

"무슨 일이더냐?"

진예란의 말에 진소아가 활짝 웃으며 말했다.

"빚을 모두 갚았습니다."

진예란은 순간 진소아의 말을 이해하지 못했다.

"그게 무슨 말이냐?"

"성수장의 이름으로 되어 있는 빚을 모두 갚고 왔다는 말입니다."

"……네가 꿈을 꾼 모양이구나."

"그게 아닙니다, 누님!"

진소아는 오늘 아침부터 있은 일을 침을 튕겨가며 설명했다. 금화장에 쳐들어가 도박으로 돈을 딴 일과 그 이후로 벌어진 일들까지. 마침내 위연호가 흑지주방에 쳐들어가서 흑지주방을 뒤집어엎은 이야기까지 하고 나자 진예란이 토끼처럼 눈을 동그랗게 뜨고 말았다.

"저, 정말이냐?"

"그렇다니까요, 누님! 제가 두 눈으로 똑똑히 보았습니다."

"아아……."

진예란이 백은옥 목걸이를 어루만지며 눈가를 가렸다.

"이제 저희는 자유입니다. 앞으로는 빚에 시달릴 필요가 없는 거지요. 이게 다 위 소협 덕분입니다."

"그렇구나. 정말 다행이다."

진예란은 위연호가 들어간 방을 힐끔 바라보고는 마음 깊이 그에게 감사를 표했다.

"큰 은혜를 입었구나."

"예. 위 소협은 좋으신 분입니다. 이렇게 나서주실 줄이 야 누가 알았겠습니까."

"그래, 그렇구나. 다만……."

"예?"

"도박으로 빚을 갚으려 든 것은 잘못이구나."

"……누님."

"군자가 해서는 안 될 짓이다. 이번은 어쩔 수 없으나 앞으로는 도박장에 절대 얼씬거리지 말거라. 도박장에 갔다 는 사실만으로도 치도곤을 내고 싶지만, 너는 도박에 손을 대지 않았으니 이번 한 번만 이해해 주는 것이다."

진소아의 얼굴이 일그러졌다.

"방법이 그리 중요합니까?"

"정도를 걷지 않는 자는 반드시 벽을 만나기 마련이다. 군자대로행(君子大路行)이라는 말이 괜히 있는 것이 아니란다."

"이번에 군자이길 자처했다면 지금쯤 성수장은 파산했을 것이고, 누님은 기루에 끌려갔을지도 모릅니다. 그런데도 방법이 문제란 말입니까?"

"그렇다."

진예란은 추상과 같은 어조로 말했다.

"특히나 의원은 정도를 걸어야 한단다. 한 번의 실수로 사람의 목숨을 위태롭게 할 수 있는 사람은 정도를 걷지 않으면 안 된다. 도박에 빠진 선친께서 어떤 꼴을 당했는지 잘 알지 않느냐."

진소아는 불만이 가득한 얼굴로 진예란을 바라보다가 깊은 한숨을 쉬었다.

"너무 막히셨습니다."

"소아야."

"저는 누님을 위해서 최선을 다했습니다. 그런데 누님은 잘했다는 말 한마디 하지 않고 나무랄 것만을 찾으시는군요."

"다 너를 위한 것이다."

"보십시오."

진소아가 주변을 가리켰다.

"누님께서 말한 삶을 살게 된다면 저는 평생 이곳에서 환자를 보며 살 것입니다. 그게 정말 저를 위한 길입니까?"

"의원이 의술에 매진하는 것 외에 또 어떤 삶을 바라야 한다는 말이더냐?"

"저는 싫습니다."

"소아야!"

진소아는 확고한 얼굴로 소리쳤다.

"저는 그리 살고 싶지 않습니다. 명성도 날려보고 싶고, 돈도 벌어보고 싶습니다. 그저 환자만 돌보다가 늙어 죽는, 그런 삶을 살고 싶지는 않습니다."

"네 어찌 그런 말을 입에 담는단 말이더냐!"

"애초에 성수장이 유명했던 이유도 의술이 뛰어나서가 아니라 그 세가 컸기 때문이 아닙니까. 아무리 의술이 뛰어나다 해도 이런 식으로 베풀기만 하는 삶을 산다면 누가 그 의술을 알아주겠습니까? 조상님들도 이런 삶을 원하시지는 않을 것입니다."

진예란의 몸이 부르르 떨렸다.

처음으로 진소아가 그녀에게 반항을 하고 있었다.

언젠가는 이런 날이 올 것이라 생각하고 있었지만, 그녀가 생각하는 것보다 너무 빠르기만 하다. 거기다가 한 번도 생각하지 못한 일로 진소아가 반항을 하자 진예란으로서도 갈피를 잡을 수 없었다.

"이번에 위 소협을 보고 느낀 것이 많습니다. 저는 더 이상 누님이 원하는 대로 살고 싶지 않습니다. 성수장의 그늘이 아니라 저의 삶을 살고 싶습니다."

서로 마주 보고 있는 진예란과 진소아 사이로 달빛이 천천히 드리워졌다.

28장
게으름뱅이, 고심하다

"위 소혀어어어어업!"

"가라."

"위 소혀어어어업!"

"가라고 했다."

"위 소혀어······."

"으아아아아!"

위연호가 벌떡 일어나 덮고 있던 이불을 진소아에게 집어 던졌다.

"나한테 왜 그러니! 대체 나한테 왜 그래!"

"어떻게 해야 합니까?"

위연호는 진소아를 보며 학을 뗐다. 이 당돌한 꼬마 놈은 자신을 만물 상자 정도로 여기는 것이 분명했다. 그렇지 않고서야 자기가 친 사고를 위연호 보고 해결해 달랍시고 이리 징징댈 수는 없는 것이다.

"내가 왜 너희 집안 일을 모두 해결해 줘야 하는 거냐!"

"그러지 마시고……."

"애초에 너와 누나의 일이잖아!"

"그렇기는 합니다만……."

진소아는 죽을 맛이었다.

위연호의 활약을 보고 고무되어 누나에게 평소 그가 생각하던 것을 멋지게 늘어놓은 것까지는 좋았다.

하지만 그 이후로는 영 상황이 이상하게 돌아가고 있었다.

"말은 그럴싸하게 했는데……."

지금 당장 진소아가 혼자서 뭘 할 수가 없는 상황이었다. 빚이야 다 갚았다지만 성수장은 본디 진예란의 손안에 있는 것이나 마찬가지였고, 아직 어리다고 할 수 있는 진소아는 의원들의 신임을 받기에는 모자랐다.

게다가 수중에 땡전 한 푼 없다 보니 가문을 나가서 뭔가를 한다는 것도 어려운 일이었다.

"위 소혀어어어어업!"

"카아악!"

위연호가 자신의 다리에 매달리는 진소아를 걷어찼다. 데굴데굴 벽까지 굴러간 진소아가 다시 데굴데굴 굴러서 위연호의 다리에 붙는다.

"으아아! 이 찰거머리 같은 놈아!"

"물에 빠진 사람을 구해줬으면 보따리도 건져 주셔야죠!"

"그걸 보통 염치없다고 하지 않나?"

"그럼 어떻게 합니까. 저는 수영을 못한단 말입니다."

"끄으응."

위연호는 달라붙는 진소아를 밀어내며 한숨을 푹푹 내쉬었다.

"앓느니 죽지."

전생에 무슨 죄를 지었기에 자신이 이런 꼴을 당해야 한단 말인가. 어찌 가는 곳마다 평지풍파가 일지 않는 곳이 없었다.

"그래서 네가 원하는 게 뭔데?"

"의원으로 성공하고 싶습니다."

"그럼 하면 되잖아."

진소아는 확고한 얼굴로 말했다.

"여기서는 불가능합니다."

"그럼 나가."

깔끔한 해결책을 제시해 주는 위연호지만, 진소아는 그

해결책이 마음에 들지 않는 모양이었다.

"나가면 갈 곳이 없지 않습니까."

"음, 그러니까……."

위연호가 상황을 정리했다.

"너는 성공은 하고 싶은데 여기서는 불가능하고, 가진 것도 없어서 나가지도 못하니까…… 나보고 네게 성공할 수 있는 현실적인 방법을 찾아내서 어떻게든 해결을 해보라, 이 말이냐?"

진소아가 격렬히 고개를 끄덕였다.

"그렇습니다."

"에라이!"

진소아를 뻥, 걷어찬 위연호가 문을 열고 밖으로 나갔다.

"위 소혀어어어어업!"

"아, 저리 가!"

위연호가 치를 떨고 밖으로 나갔다. 문을 열고 밖으로 나서자마자 빛살같이 몸을 날려 지붕 위로 올라온 위연호가 기와 위에 드러누웠다.

"위 소혀어어어업!"

아래에서 자신을 찾는 진소아의 목소리가 들려왔지만, 위연호는 깔끔하게 무시하고는 눈을 감았다.

"찰거머리 같은 놈."

위연호가 제 발로 방을 나서게 만들다니.

그 누구도 해내지 못한 위업을 달성한 진소아가 대단하게 느껴졌다.

"과로를 시켰으면 편히 쉬라고 하지는 못할망정."

지금까지 해준 게 얼만데 더 해달라고 징징댄단 말인가.

위연호는 진소아의 염치없음에 분노하며 잠에 빠져들었다.

쿠울.

"……음?"

찬 기운이 파고드는 느낌에 눈을 뜨니 어느새 해가 져 있었다.

'얼마나 잔 거지?'

찌뿌드드한 느낌이 든다.

'망할 놈의 몽련공.'

제발 꿈 안 꾸고 잠을 자보는 게 소원이었다. 꿈속의 사부는 원래의 사부보다 더 강하고 더 악랄했다.

잠이 드는 순간부터 달려들어서 검을 휘둘러 대는 사부와 맞상대를 하다 보면 어느새 잠에서 깼다.

"끄응."

위연호는 전신을 뒤틀었다.

"꿈에서 맞은 건데 왜 진짜 아픈 것 같냐."

그나마 다행인 건 꿈속의 사부가 들고 있는 검이 목검이

라는 것이다. 진검이라도 들었으면 심장마비로 죽었을지도
모른다.

"왜 안 닿지?"

위연호도 충분히 강해졌다고 생각하는데, 꿈속의 사부와
는 하늘과 땅만큼의 차이가 있었다.

처음에는 꿈이어서 그렇다고 생각했는데…….

'아닌 것 같단 말이야.'

아무리 몽련공이라고는 해도 사부가 신이 아닌 이상 완
벽한 검결을 남의 머릿속에서 구현할 수는 없는 법이었다.
그렇다면 지금 꿈속의 사부가 보여주고 있는 검은 사부가
실제로 보여준 검과 위연호의 상상이 합쳐져 만들어진 검이
라는 의미였다.

'그런데 꿈속의 나도 당해낼 수가 없다는 게 이상하지.'

그냥 당해낼 수 없는 수준이 아니라 아예 상대가 되지 않
았다. 그리고 더 환장할 노릇은 위연호의 검이 파훼되는 과
정이 위연호 스스로도 납득이 간다는 것이다.

완벽하다고 생각했던 검이 낱낱이 분해되어 허점이 드러
나는 과정이 너무도 명백하게 보였다.

"처음에는 이리 강하지 않았는데…….”

위연호는 한숨을 내쉬었다.

무공을 완성해야 이 꿈에서 벗어날 수 있다고 했는데, 그
무공의 완성이라는 것이 너무도 모호한 이야기였다.

만약 꿈속에 나오는 백무한을 이겨야 이 꿈이 끝난다면, 평생 동안 이 꿈을 꿔야 할지도 모를 일이었다.

위연호는 데구루루 굴러 처마에서 내려왔다.

"깜짝이야."

그러고는 마치 자신을 기다리고 있었다는 듯 바로 앞에 서 있는 진예란을 보고 움찔했다.

"말씀 좀 나눌 수 있을까요?"

"네? 저요?"

"예."

진예란이 굳게 고개를 끄덕이자 위연호는 떨떠름한 얼굴로 그러겠노라 말할 수밖에 없었다. 나중에 이야기하자고 하기에는 진예란의 얼굴이 너무도 심각했다.

"이쪽으로."

"넹."

위연호는 진예란의 안내를 따라 진예란의 방으로 들어갔다.

처녀의 규방에 들어가려니 뭔가 찝찝한 게 사실이지만, 방주인이 가자는데 가지 않는 것도 이상한 일이었다.

"앉으세요."

"넹."

위연호는 진예란의 방에 앉았다. 그러자 진예란은 바로 앉지 않고 밖으로 나갔다.

"에?"

위연호를 두고 밖으로 나간 진예란이 조금 시간이 흐른 뒤 방 문을 열고 다시 안으로 들어왔다. 그녀의 손에는 커다란 주안상이 들려 있었다.

"식사하셔야죠."

위연호는 상 위에 차려진 진수성찬을 보며 입맛을 다셨다.

언제나 모래 씹는 심정으로 먹던 이 밥상을 오늘만큼은 아무런 부담 없이 먹을 수 있을 것 같았다. 그가 성수장에 해준 것이 있으니까.

그런데 오늘 상에는 평소와 조금 다른 것이 있었다.

"응?"

저 병은 뭐지?

진예란이 위연호의 앞에 잔을 놓더니 병을 들었다.

"주루에서 받아 온 술이에요. 제 성의이니 한잔 받아주세요."

"네? 저 술 안 먹는데요?"

"술을 안 드신다구요?"

"정확하게 말하자면, 먹어본 적이 없는데……."

진예란이 위연호를 한참 바라보다가 고개를 끄덕였다.

"그럼 드시지 않더라도 잔만 받아주세요."

"네. 뭐, 그 정도야……."

위연호가 잔을 받자 진예란이 위연호의 잔에 술을 따른 뒤, 술병을 상 위에 올리더니 뒤로 물러나 몸을 일으켰다. 그러고는 위연호에게 넙죽 절을 했다.

"헐, 왜 이러세요?"

"은공의 은혜가 하해와 같습니다. 이생에서 다 갚을 수 있을까 싶을 정도로 큰 은혜를 입었습니다."

"일어나세요. 어서요."

위연호가 재촉을 했지만, 진예란은 고개를 들지 않았다.

"한 번도 아니고 두 번이나 은혜를 입었는데, 어찌 은공의 앞에서 고개를 들 수 있겠습니까. 평생을 두고서라도 이 은혜를 갚겠습니다."

"……대단한 일 한 것도 아닌데."

"은공이 아니었다면 저는 기루로 팔려갔을 것입니다. 소아가 가문을 일으키는 모습도 보지 못했을 것입니다. 그러니 어찌 이 은혜가 작다 하겠습니까."

"끄으응."

위연호는 이 자리가 불편해지기 시작했다.

아무래도 이 집에서 편한 밥상을 받아보는 것은 꿈인 모양이다. 모두가 하나같이 위연호를 못 잡아먹어서 안달이었다.

'얼른 떠야지.'

위연호는 이곳을 추천해 준 문유환을 생각하며 이를 갈

았다.

삼절대학사라고 하더니, 허당이 따로 없다. 자기 친구가 살았는지 죽었는지도 모르고 이런 곳에 보내는 사람이 어디 있는가.

"알았어요, 알았어. 그 마음은 충분히 알았으니까, 이제 좀 고개 드세요. 불편해서 뭘 먹지도 못하겠어요."

그제야 진예란이 슬쩍 고개를 들었다.

'예쁘긴 진짜 예쁘단 말이야.'

확실히 그 미모는 빛이 났다.

눈에 띄지 않는 무명옷을 입고 있어서 그나마 이 정도지, 마음먹고 꾸미기 시작하면 얼마나 아름다울지 짐작도 가지 않을 정도였다.

"은공."

"……제 이름은 위연혼데요."

"위 소협."

"예."

"외람되지만, 한 가지 부탁을 더 드려도 되겠습니까?"

"끄으응."

위연호는 한숨을 푹 내쉬었다.

어쩐지 이런 느낌이 들더라니.

'조상 중에 물귀신이 있나.'

진소아도 그렇고, 진예란도 그렇고, 말이야 고맙다고 하면서 사람을 못 부려 먹어서 안달이다.

"뭔데요."

조용한 침묵을 버티지 못한 위연호가 마지못해 묻자 진예란이 입술을 꼭 깨물더니 입을 열었다.

"소아의 마음을 돌려주십시오."

"네?"

이건 또 무슨 말인가.

"지금 소아는 위 소협을 떠받들고 있습니다. 지금 소아의 마음을 돌릴 수 있는 사람은 제가 아니라 위소협이십니다."

"에……."

"소아는 성수장을 이어야 할 사람입니다. 가문을 다시일으키고 과거의 명성을 되찾아야 할 사람입니다. 그런 아이가 지금 흔들리고 있습니다. 위 소협께서 소아의 마음을돌려주십시오."

위연호는 뚱한 얼굴로 진예란을 바라보다 말했다.

"그러니까, 성수장을 부흥시키고 싶다는 거죠?"

"그렇습니다."

"소아가?"

"예."

"흐음……."

위연호가 턱을 주무르며 고민에 빠졌다.

"하나 물어도 돼요?"

"말씀하시지요."

"이해가 안 가는데, '성수장을 일으킨다'와 '진소아가 훌륭한 의원이 된다'는 다른 이야기 같은데, 어느 게 더 중요한 거예요?"

"……그게 무슨 말씀이신지?"

"자꾸 둘을 같이 놓고 이야기하시는데…… 소저가 원하는 게 성수장이 다시 부활하는 건지, 아니면 성수장의 이름은 사라지더라도 소아가 훌륭한 의원이 되는 건지를 모르겠거든요."

진예란은 한 번도 그런 부분에 대해서는 생각을 해본 적이 없는지 당황한 기색이 역력했다.

"어느 쪽이에요?"

"하나를 선택해야 하는 건가요?"

"아무래도 그럼 방향이 정해지니까요."

진예란은 고민하다가 대답을 했다.

"성수장의 부활이에요."

"확실한가요?"

"소아가 훌륭한 의원이 된다고 하더라도 성수장이 부활하지 않는다면 유언은 지킬 수 없어요. 하지만 성수장이 다시 일어선다면 후손들 중에서는 훌륭한 의원이 나올 수 있겠죠."

위연호는 고개를 끄덕였다. 진예란의 판단은 나쁘지 않았다. 그리고 하더라도 이쪽을 택했을 것이다.

"무슨 말인지 알겠어요. 일단은 성수장이 다시 서는 게 우선이라는 거네요. 그럼 아주 간단한 방법이 있죠."

"소아의 마음을 돌려주시는 건가요?"

"네."

위연호가 씨익 웃었다.

"확실하게 마음을 돌릴 방법이 있죠."

그런 위연호의 미소를 본 진예란은 알 수 없는 불안감을 느껴야 했다.

다음 날 아침.

"위 소혀어어……."

문은 열며 위연호를 찾던 진소아는 문을 열자마자 날아오는 베개에 얻어맞고 바닥을 굴렀다.

"넌 잠도 없냐!"

"이 시간까지 자는 위 소협이 이상하신 겁니다."

"……앓느니 죽지."

진소아는 별말 없이 일어나는 위연호를 보며 반색했다. 평소였다면 죽니 사니 하면서 다시 이불을 붙들고 누울 사람이 제 발로 일어나고 있었다.

문득 해가 서쪽에서 떴는지를 확인한 진소아가 제대로

동쪽에서 뜬 해를 확인하고는 다시 위연호를 바라보았다.

"왜?"

"아닙니다."

'어디 아픈가?'

입으로 말할 수는 없는 내용이지만, 위연호가 자기 손으로 이불을 걷어내는 모습이 마치 장님이 눈을 뜨고 앉은뱅이가 일어나는 모습과 동급으로 보이고 있었다.

"끄응."

위연호 역시 그런 자신의 모습이 익숙하지 않은지 연신 한숨을 내더니, 밖으로 털레털레 걸어 나왔다.

"가자."

"네? 어딜 간단 말입니까?"

"성공하고 싶다며?"

"그렇습니다."

"그럼 군말 말고 따라와."

"옙."

이미 위연호에 대한 절대적인 신뢰를 가지고 있는 진소아는 더 이상 묻지 않고 위연호를 따랐다.

"그런데 누님께 말을 해야 합니다만?"

"신경 쓸 거 없어."

"……."

두 사람이 대문 밖으로 사라지는 모습을 멀리서 진예란

이 불안한 눈으로 바라보고 있었다.

"그런데 어디로 가시는 겁니까?"

"……거, 사내놈 참 말 많다."

"그럼 빨리라도 가시든가."

위연호의 걸음걸이는 말 그대로 군자의 걸음이었다.

결코 서두르지 않고 아주 천천히, 하지만 확실하게 목표를 향해 걸어가는 것이, 수많은 선비들의 귀감이 될 만했다.

'허리 펴고 어깨만 좀 들면 말이지.'

반쯤 감긴 눈으로 어깨를 축 늘어뜨리고 허리는 반쯤 굽에 백살 먹은 영감 같은 몰골만 아니면 그리 봐줄 만도 하겠건만, 멀쩡하게 생겨서 왜 저렇게 걷는지 알 수가 없었다.

"그런데 이 길은……."

뭔가 익숙한 길이다 싶어 고개를 들어보니 저 멀리 은하전장이 보인다.

"은하전장에 가시는 겁니까?"

"그래."

"돈이라도 빌리시게요?"

말을 하고도 진소아는 자신이 어이없는 말을 했다고 생각했다. 이미 위연호는 엄청난 부자다. 그날 번 돈 이백 냥

중 하대붕에게 빌린 백 냥을 그 자리에서 갚고, 판돈 스무 냥을 갚은 뒤에도 팔십 냥이 남았다.

그리고 진소아의 빚을 갚아주는 데 스무 냥이 더 들었지만, 그러고도 육십 냥이라는 어마어마한 거금을 남긴 것이다. 그런 사람이 뭐가 아쉬워서 전장에 돈을 빌리러 가겠는가.

"아, 맡겨둔 돈 찾으러 가시는군요."

"돈은 아니고……."

"네?"

"저당 잡으러 가는 길은 맞다."

"사업이라도 하시는 겁니까?"

위언호는 대답 없이 빙그레 웃기만 했다.

"오셨습니까?"

위언호는 자신을 반갑게 맞는 하대붕을 보며 한 사람에게 참 여러 얼굴이 있다고 생각했다.

처음 위언호를 만났을 때는 그야말로 고리대금업자의 표본을 보여주더니, 위언호가 어사금검을 소유하고 있다는 것을 알고부터는 찌질함을 극을 보여주었다. 그러더니 도박장에는 돈 많은 투자가의 모습으로 화하더니, 지금은 다시…….

"허리 부러지겠어요."

"보통 그건 너무 허리를 펴고 다니는 사람에게 하는 말인 줄 압니다만."

"……반만 굽히죠, 반만."

머리를 땅에 닿을 듯 숙이고 굽실거리는 하대붕을 보고 있자니, 장사해서 먹고사는 게 얼마나 힘든지 새삼 실감할 수 있었다.

"제 칼은요?"

"금검 말씀이십니까? 지금 바로 가져오라고 하겠습니다."

"넹."

"차는 어떤 걸로?"

"아무거나 주세요. 입이 싸구려라 비싼 걸 먹어도 구분도 못해요."

"하하, 농담을 잘하시는군요."

"진짠데."

웃음기 하나 없는 위연호의 얼굴을 본 하대붕은 하인에게 싸구려 잎차를 가져오라 일렀다. 필요 없는 곳에 돈이 나가는 것은 절대 사양이었다.

"그래서 무슨 일이십니까?"

"전에 말한 거 생각해 봤어요?"

"음……."

역시나 장사꾼이어서 그런지 말 한마디에 바로 상황을

이해한 하대붕이었다.

"사실 그리 어렵지는 않은 일입니다만……."

"네."

"자본이 없지 않습니까."

"자본이요?"

"예. 자본이 없습니다. 아무리 사람과 기술과 경영할 능력이 있다고 하더라도 돈이 없으면 할 수 없는 게 사업이죠."

"돈 있잖아요."

하대붕이 쓴웃음을 머금었다.

"그걸로는 택도 없습니다."

"진짜요?"

"네. 당연히 택도 없죠. 생각을 해보십시오. 아무리 공자께서 큰돈을 버셨다고는 하나, 호북에 그만한 돈을 가지고 있는 사람을 일렬로 세우면 무한을 종단해 버릴 겁니다."

"……에이, 설마 아무리 그래도 그렇지."

"부자들을 얕보지 마십시오."

하대붕의 얼굴은 진지했다.

"물론 제가 말한 것에는 과장이 섞였지만, 금화 육십 냥쯤은 우습게 생각하는 사람이 많습니다."

위연호는 그 말이 일리가 있다고 생각했다.

사실 그의 아버지만 하더라도 그를 찾는 데 현상금으로만 금화 백 냥을 걸어버리지 않았던가. 위연호가 가지고 있는 돈의 두 배나 되는 돈을 아들 찾는 데 쓸 만큼 광동위가에도 돈이 있다는 뜻이었다.

 문제는 위연호가 알기에 광동위가는 명문으로 유명할 뿐, 돈으로는 딱히 인정받는 가문이 아니라는 것이다.

 그런 위가에서도 백 냥이라는 거금을 서슴없이 쓸 정도였다.

 그리고 강남과는 비교할 수 없이 많은 돈이 도는 강북이라면, 금화 육십 냥을 우습게 여기는 사람이 많다고 해도 이상할 것이 전혀 없었다.

 "흠, 그래서 이 돈으로는 무리다?"

 "열 수야 있습니다. 의원을 개업할 수는 있겠죠. 하지만 고만고만한 의원으로 끝날 겁니다. 위 공자께서 제게 바라는 것이 그런 작은 의원을 망하지 않게 이끌어 나가는 것은 아니잖습니까?"

 "으음……."

 시작부터 커다란 난초에 걸려 버린 위연호가 침음성을 냈다.

 "저, 그런데……."

 그때, 진소아가 손을 들었다.

 "왜?"

"무슨 말씀들을 하시는 건지에 대해서 알 수 없을까요?"

위연호가 혀를 찼다.

"저번에 다 말해줬잖아."

"네?"

위연호가 씨익 웃으며 선언했다.

"성수장을 다시 세우는 거지."

*   *   *

"야, 이놈아! 천천히 좀 가자!"

장일은 피를 토하는 심정이었다.

그가 누구인가.

개방의 소걸개(小乞丐)다.

원래 거지라는 것은 다리가 튼튼해야 먹고사는 법이었다. 제 자리에서 구걸이나 하며 먹고사는 거렁뱅이는 몇 해를 버티지 못하고 골로 가기 일쑤다.

추우면 따뜻한 곳으로 가면 그만이고, 비럭질이 영 좋지 않은 시기가 오면 산을 타면서 풀이라도 뜯어 먹을 수 있어야 살아남을 수 있는 게 거지니 당연한 일이다.

그래서 예로부터 개방은 경공으로 유명하지 않은가.

중원을 안 다녀본 곳이 없다는 장일이니만큼 걷는 것에는 언제나 자신이 있었다.

하지만 이건 좀 아니지 않은가.

"잠은 재워주고 가야 할 것 아니냐!"

짧은 거리를 빠르게 뛰는 데는 소질이 넘치는 장일이지만, 이런 식의 장거리 행군은 영 몸에 맞지 않았다.

더구나 일행이 잠도 재우지 않고 무작정 앞으로 전진하고 또 전진하는 인간이다 보니, 피로는 배가 되었다.

"시간이 없다."

"네 동생 안 죽는다! 염왕도 생각이 있으면 그런 놈은 안 데리고 갈 거다."

위산호의 눈이 험악해지자 장일이 찔끔했다.

"내가 뭐 틀린 말 했나."

말이야 바른말이지, 위연호에게 무슨 일이 생길 수가 있는가.

사건이라는 것은 움직이는 이들에게 찾아오는 법이다. 가만히 냅 두기만 하면 방구석에서 한 해고 두 해고 걱정 없이 나버릴 놈을 걱정한다는 것이 얼마나 쓸데없는 일인가.

"좀 쉬어 가자, 이놈아!"

"그 거지 참."

위산호가 눈살을 찌푸렸다.

길 안내용으로 데리고 오기는 했지만, 거지는 거지.

시끄럽고, 더럽고, 불평불만이 하늘을 찔렀다.

"호북에 도착만 하면 얼마든지 쉴 수 있다."

"도착하기 전에 죽을 것 같으니까 그렇지!"

"안 죽는다."

위산호의 단호한 말에 장일이 그 자리에 주저앉았다. 대로변 한복판이지만, 거지에게는 부끄러움이 없는 법이다.

"아이고, 나는 더 못 간다. 나를 끌고 가라."

"어휴."

위산호가 한숨을 푹 내쉬었다.

동생을 만나고 싶어 조금 길을 재촉하기는 했다만, 개방의 소걸개라는 놈이 이렇게 대가 약해서 어디에 써먹는단 말인가. 모름지기 개방의 소걸개라면 천 리 길도 한 걸음같이 가야 하는 법이다.

"네가 그러고도 개방의 후기지수냐?"

"난 호구(狐狗)다! 호마(狐馬)가 아니란 말이다. 그래서 내가 비응개(飛鷹丐) 놈을 데리고 가라고 하지 않았느냐!"

위산호는 길바닥이 방바닥인 양 드러누워 버럭 해대는 장일의 꼴을 보면서 고개를 젓고 말았다.

"일어나라. 저기 마차 온다."

"마차?"

장일이 고개를 번쩍 들었다가 이내 실망을 하고는 다시 드러눕고 말았다.

호북 쪽으로 가는 마차라면 얻어 타고 조금이라도 가볼

요량이었건만, 저 마차는 호북 쪽에서 오고 있는 마차였다.

"비켜 드려."

"에이."

장일이 자리에서 비척비척 일어나 길옆으로 물러섰다.

"그런데 저건 뭔 놈의 마차가 저리 삐까번쩍하냐?"

새하얀 백마 네 마리가 모는 거대한 사두마차를 본 장일이 입을 쩌억 벌렸다.

저 말 한 마리만 하더라도 일반인들은 감히 꿈도 꿔볼 수 없을 만큼 비쌀 것이다. 그런데 한눈에 보기에도 윤기가 좔좔 흐르는 명마를 네 마리나 달고 달리는 마차가 보통 마차일 리 없었다.

"재상이라도 납셨나? '

장일이 호기심을 드러냈다.

"사고 치지 마라."

"사고라니!"

장일이 입안으로 우물거렸다.

모름지기 개방의 거지라면 조금이라도 특이한 일에는 관심을 떼서는 안 되는 법이다. 그래야 정보를 팔아 먹고사는 개방의 소속이라고 할 수 있는 것 아니겠는가.

"흐음……."

장일이 허리에 차고 있던 봇짐을 길 한복판으로 던졌다.

"으라차."

그러고는 실실 웃으며 다가오는 마차를 기다렸다.

"워어!"

마부가 길에 떨어진 짐을 보고는 마차를 세웠다.

"웬 놈이냐!"

그러고는 날카로운 눈으로 길옆에 서 있는 장일과 위산호를 바라보았다.

"아이쿠, 죄송합니다. 비킨다는 게 그만."

"얼른 짐을 치우고 물러나라."

"예이, 예이."

장일이 뒤뚱뒤뚱 걸으며 마차 앞으로 가 짐을 들고 천천히 옆으로 비켜섰다.

"이랴!"

마차가 다시 달리기 시작했다.

장일은 멀어져 가는 마차를 보며 허리를 폈다. 위산호가 그런 장일을 나무랐다.

"겨우 마부 얼굴이나 보겠답시고 그런 일을 벌인 거냐?"

"쯧쯧쯧."

장일이 한심하다는 듯이 위산호를 보았다.

"이래서 힘만 센 놈들이 일찍 죽는 것이다."

"응?"

"방금 내가 얼마나 많은 정보를 얻어냈는지 모르면 입이나 닫고 있어라."

"무슨 정보를 얻어냈는데?"

"맨입으로?"

"……됐다."

수작질을 부린다고 생각한 위산호가 상대해 주지 않고 길을 재촉하려 하자 장일이 입을 열었다.

"마차의 바퀴가 잠시 멈추었음에도 바닥을 거의 파고들지 않은 것으로 보아 저 안에 타고 있는 것은 하나다. 그것도 무공을 익힌 자지."

"으음?"

"마차에는 황실을 나타내는 표식이 없었으니 황족은 아니고, 마부 하나가 지체 높은 여인을 홀로 모시는 경우는 없으니 남자겠지."

"그게 뭐가 중요하지?"

"하, 이놈."

장일이 황당하다는 듯이 위연호를 보고는 말을 이었다.

"보통 남자는 말을 타고 다니기 마련이란 말이다. 너는 혼자서 마차에 타고 다니는 남자를 얼마나 보았느냐?"

"음……."

위산호는 장일의 말이 일리가 있다고 생각했다.

지체 높은 신분이라면 마차보다는 가마를 선호하기 마련이고, 먼 곳을 간다면 반드시라고 해도 좋을 만큼 수행원이 따라붙게 되어 있었다.

저 큰 마차에 한 사람이 타고 있는데 그게 남자라면, 흔히 볼 수 없는 일이긴 했다.

"누가 타고 있는 거지?"

"공자님."

마부가 안쪽으로 나직이 속삭였다.

"방금 그 거지는 개방의 소걸개인 장일인 것 같습니다."

"눈치를 채고 따라붙은 것인가?"

"우연으로 보입니다."

조금 시간을 두고 마차 안에서 나직한 목소리가 들려왔다.

"소걸개 장일은 개봉을 거의 벗어나지 않는다고 들었다. 게다가 여우 같은 놈이라는 평을 받고 있다. 그런 이가 아무런 일 없이 우리와 마주쳤겠느냐?"

"하나 그는 정말 아무것도 모르는 눈치였습니다. 만약 개방이 움직였다면 이런 식으로 움직이지는 않을 것입니다."

"그런가."

마차 안의 목소리가 잦아들었다.

마부는 마차 안에 탄 그의 주인이 생각을 할 수 있도록 말을 천천히 몰았다.

"아무래도 좋다. 혹시 모르니 무한에 남은 흔적들을 최대한 지우라고 지시하도록."

"알겠습니다, 공자님."

고개를 끄덕이고 말을 몰아가던 마부가 조심스레 다시 물었다.

"그런데 공자님."

"말하게."

"무한에 쌓은 기반을 모두 버리고 나오는 것이 안타깝지 않으십니까?"

"안타깝지."

말은 안타깝다고 하나 들려오는 어투는 조금도 그런 기색을 보이지 않았다.

"하지만 더 안타까운 것은 조금 쌓아놓은 기반에 집착하다가 모든 것을 잃는 것이지."

"딱히 별문제도 없었습니다만."

"다른 이가 끼어든 것부터 다 틀어진 것이다."

사내의 목소리는 냉엄했다.

"고금을 통틀어 작은 이상이 커다란 장애가 되어버린 경우는 흔하다. 강호에서 가장 경계해야 하는 것은 의도를 알 수 없는 개입과 정체를 알 수 없는 고수다. 만약 내가 직접 나서서 그를 징치한다고 해도 사태는 회복되지 않는 법이다. 그만한 고수가 홀로 컸을 리는 없고, 그 뒷배가 나오기 마련이겠지. 그러니……."

들려오는 목소리가 천천히 잦아들었다.

"차라리 손을 떼버리는 게 낫다. 이기고 지고의 문제가 아니라 시선을 끄는가 아닌가의 문제다."

"으음, 무슨 말씀이신지 알겠습니다."

하지만 마부는 뒤에 타고 있는 주인의 결벽적인 성향이 너무 강하다고 생각했다.

보통은 눈앞에 장애물이 나타나면 치우려 하기 마련이건만, 그의 주인은 장애물이 나타나면 가던 길을 돌려 버리지 않는가.

"과하다고 생각하는가?"

"그렇지 않습니다."

"형님께서는 이미 눈에 보이는 치적을 쌓고 계시네. 모자란 놈이지만 아우 놈도 제 몫을 하고 있다고 봐야지."

"……."

"시간을 낭비하는 것이 가장 큰 문젤세, 시간을."

"따르겠습니다."

마부는 그 이상의 말을 하지 않고 묵묵히 마차를 몰았다. 하지만 마차 안에 타고 있는 이는 가라앉은 눈으로 여전히 밖을 응시하고 있었다.

'그놈의 정체는 무엇일까?'

갑자기 나타나 모든 계획을 뒤틀어 버린 소년 고수가 누구인지 알아내는 것이 가장 우선이었다.

어쩌면 그들의 대업에 큰 장애가 될 수 있다고 생각한 그는 본가로 보낼 서찰을 작성하기 시작했다.

*　　*　　*

"성수장을 다시 세운다는 말씀이십니까?"

진소아는 위연호가 무슨 말을 하는지 영 알아들을 수가 없었다.

성수장은 이미 존재하고 있지 않은가.

그와 그의 누나가 있는 곳은 그럼 뭐란 말인가.

"성수장은 잘 돌아가고 있습니다만."

"무명 의가겠지."

진소아의 입이 찰떡이라도 먹은 것처럼 달라붙었다.

"너희가 있는 곳을 옛 성수장이라고 생각하는 사람은 없을 거다. 그냥 거기에 있던 후예들이 사는 곳이라고 생각해 주는 사람이나 있을까."

"지당하신 말씀이십니다."

하대붕이 추임새를 넣기 시작하자 위연호는 어깨에 힘을 넣고는 말을 이었다.

"본디 사람이라는 게 그렇다. 사람이 대단하여 규모가 커지기도 하지만, 규모가 크면 그 안에 있는 사람도 대단해 보이는 법이지. 너희가 아무리 대단한 의술을 가지고 있다

하더라도 지금 같은 몰골로는 인정을 받기 어렵다."

"으음."

진소아는 고개를 끄덕였다.

그러보 고면 과거 성수장의 명성을 좇아 그들을 만나러 온 이들도 남루한 그들의 행색과 어린 나이를 보고 발길을 돌리기 일쑤였다.

"성수장을 부활시키려면 크고 아름다운 곳에 간판을 거는 것부터 해야 한다."

"하지만 돈이 없습죠."

"끙."

하대붕의 딴지에 위연호가 앓는 소리를 냈다.

"거, 모아둔 돈 좀 없어요?"

"저는 봉급쟁이입니다. 겉으로 보기에는 전장으로 떼돈을 버는 것처럼 보이겠지만, 떼돈을 버는 것은 제가 아니라 전장주지요. 저는 겨우 지점장일 뿐입니다."

"그래도 만만찮게 모았을 것 같은데?"

"제가 번 돈을 제가 가져가는 것을 전문 용어로 횡령이라고 하지요. 고리업은 신용이 중요합니다. 고객과의 신용도 중요하지만, 직원 간의 신용도 중요한 것이지요. 제가 만약 그런 일을 한 번이라도 저질렀다면 지금쯤 저는 목이 달아나 있을 겁니다."

"……보통 그런 걸 신용이라고 하나요?"

"의미는 조금 다를 수 있겠습니다. 하지만 그만큼이나 신용이 중요하다는 의미로 받아들여 주십시오."

위연호는 한심하다는 눈으로 하대붕을 바라보았다. 하지만 하대붕은 떳떳하기 그지없었다.

"그러니까, 투자할 돈이 없다는 거네요?"

"사람들이 잘 모르는 부분이 그런 거지요. 저와 같은 사람은 돈을 많이 번다고 생각하는데, 사실 저는 지금 신용을 쌓아 나가는 단계입니다. 돈은 나중에 벌 수 있는 것이지, 지금은 영 벌이가 시원치 않습니다."

"옷은 고급인데?"

"전장에 담보를 맡기러 갔는데 차림새가 영 가난해 보이는 사람이 나온다고 생각해 보십시오."

일리가 있었다.

"그래서 결국은 돈이 없다는 말이고?"

위연호가 고개를 돌려 진소아를 바라보았다. 이쪽이야 사정 빤한 거 그도 잘 알고 있지 않은가.

"끄응."

위연호가 깊은 한숨을 내쉬었다.

"그런데 위 소협."

"응?"

"정말 성수장을 부활시킬 수 있는 겁니까?"

"돈만 있으면 못할 게 없지."

"하지만 저는 이리 어린데요?"

"하?"

위연호가 무슨 말을 하냐는 듯 진소아를 나무랐다.

"너, 너희 원래 건물 봤냐?"

"예, 봤습니다."

"거기에 몰리는 환자들을 네 아버지 혼자서 다 살폈냐?"

"……그건 아니지요."

"지금도 너희 의원에 너와 네 누나를 제외하고도 의원들이 있지 않느냐."

"맞습니다."

"실제로 네가 봐야 하는 환자는 얼마 되지도 않는다. 어린 너에게 대단한 의술을 기대하는 것도 아냐. 너는 그냥 쉽게 말하자면…… 간판이야."

"가, 간판요?"

"사실 너는 진료실에 앉아 있는 것보다 대문에 매달려 있는 쪽이 좀 더 효율적이지."

"진료실을 대문 밖에 만드는 것도 괜찮은 것 같습니다."

"오, 좋은 생각이에요?"

죽이 착착 맞는 위연호와 하대붕의 짓거리를 바라보고 있던 진소아가 한숨을 내쉬었다.

"가능하다고 해도 돈이 없다는 것 아닙니까."

"돈은 있지."

"위 소협이 가진 돈으로는 부족하다고 하잖습니까."

"중요한 건 그런 게 아냐. 중요한 건 네 의지지."

"예?"

위연호가 졸린 눈으로 진소아를 한참 바라보다가 입을 열었다.

"네게 성수장을 다시 중원제일의 의원으로 만들겠다는 의지가 있느냐?"

"⋯⋯중원제일이었던 적은 없는 것 같습니다만?"

"여하튼!"

"물론 있습니다!"

"어떠한 고난과 시련이 함께한다고 해도?"

"사나이로 태어나 한 번 죽지, 두 번 죽는 것 아닙니다! 저는 천하제일의원이라 불릴 수 있다면 어떠한 시련도 감내할 용의가 있습니다."

"그래?"

위연호가 씨익 웃었다.

"지필묵 가져와요."

위연호의 말에 하대붕이 부하에게 지필묵을 청했다. 문이 열리고 지필묵이 들어오자 위연호가 종이를 내밀었다.

"자, 써."

"⋯⋯뭘 말입니까?"

"나 진소아는 앞으로 성수장의 의원으로서만 진료를 할

것이며, 성수장주인 위연호의 지시에 따를 것을 맹세한다."

"왜, 왜 위 소협이 성수장주입니까!"

위연호가 뚱한 얼굴로 말했다.

"너, 돈 있니?"

"아뇨."

"건물 있어?"

"아뇨."

"당장 먹고살 음식은 있니?"

"아뇨."

위연호가 헛웃음을 지었다.

"그럼 내가 돈도 없고 절도 없는 너를 데려다가 성수장주로 만들어 달라는 거냐?"

"……그거 매우 파렴치한 짓같이 들리는군요."

"아니 다행이다."

위연호는 혀를 차며 다시 종이를 진소아 앞으로 슥, 밀었다.

"대외적으로는 네가 성수장주라고 할 거야. 나 같은 놈이 의가에 얼씬거리면 보는 눈만 험해진다는 걸 나라고 모르지는 않으니까. 하지만 거기서 나는 돈은 다 내 게 되는 거지."

"그럼 저는 뭐 먹고 삽니까?"

위연호가 고개를 돌려 하대붕을 바라보았다.

"뭐라구요?"

"봉급쟁이입니다."

"들었지?"

진소아는 아연한 얼굴로 반항했다.

"성수장의 후예인 제가 봉급이나 받으면서 일을 하라는 겁니까? 그것도 성수장을 새로 만들어 거기에서요?"

"응."

"위 소협, 이건 아닌 것 같습니다."

진소아는 격렬하게 반항했다.

"물론 성공을 하고 싶은 마음은 간절합니다. 성수장을 다시 일으키고 싶다는 생각도 무척이나 간절하지요. 저를 속박하려 드는 누님께 제가 스스로 설 수 있다는 것을 보여 드리고 싶은 마음 역시 간절합니다. 하지만 그건 제가 제 힘으로 섰을 때의 이야깁니다."

"오오."

눈에 의욕이 가득 차 말하는 진소아를 보며 위연호는 연신 고개를 끄덕였다.

"남자로군."

"사내군요."

마치 소년이 껍질을 깨고 어른이 되는 모습을 눈앞에서 지켜보는 것만 같았다.

"풋풋하네요."

하대봉의 말에 위연호도 동의했다. 저런 모습이야말로 저 나이대의 소년이기에 보여줄 수 있는 모습이다.

"제안은 감사하지만, 저는 제 길을 찾겠습니다. 위 소협의 말 대로 하는 것은 제 길이 아닌 것 같습니다."

진소아의 눈에는 총기가 가득했다.

명문 의가의 힘이 느껴지는 장면이다. 진소아는 괴로워했지만 진예란의 교육은 확실하게 한 명의 의원으로서 부족함이 없도록 키워 나가고 있었다.

"음, 좋아."

아주 좋은 결정이다.

남자라면 그 정도의 패기가 있어야 한다는 것은 위연호도 인정하는 바였다.

다만, 패기는 패기일 뿐.

"그런데…… 그전에 우리가 해결해야 할 문제가 하나 있지 않을까?"

위연호가 품 안에 손을 넣더니, 서류 한 장을 꺼내 진소아에게 내밀었다.

진소아는 얼떨떨한 얼굴로 위연호가 내민 서류를 바라보았다.

"이게 뭡니까?"

"차용증."

"네?"

진소아가 떨리는 손으로 서류를 받아 들었다. 일전에 도박장에서 진소아가 서명한 금자 스무 냥을 위연호에게 갚는다는 내용의 서류였다.

"……위 소협?"

위연호가 하품을 하며 말했다.

"남자의 길이고, 사내의 길이고 다 좋으니까. 그럼 돈부터 갚아."

"……."

인생은 실전이라는 사실을 뼛속 깊이 체감하는 진소아였다.

29장
게으름뱅이, 의원을 차리다

돈?

돈이라고 했나?

세상에는 뭐라고 퍼져 있지?

응? 개방도면서 그런 것도 모르냐고? 야, 너도 그 인간이랑 같이 조금만 다녀봐라. 어디서 '위' 자만 들려도 귀를 틀어막고 싶어질 테니까.

제명에 죽으려면 그 인간에 대한 말은 듣고도 기억에 안 남기는 게 차선이고, 이왕이면 아예 듣지도 않는 게 최선이다.

뭐?

물욕이 없어?

청렴?

지랄하고 있네.

이건 좀 심하구만. 아무리 그래도 그 욕망의 화신 같은 인간을 청렴하다고 포장할 줄이야.

포장지를 황금으로 만들어도 포장이 안 될 줄 알았는데, 용하군.

그 인간은 돈을 엄청 밝혀.

뭐? 게으른데 어떻게 돈을 밝히냐고?

그게 무슨 소리냐, 이놈아.

게으른 거랑 돈 밝히는 거에 무슨 상관이 있냐.

자기가 일을 안 할 뿐이지, 돈 싫어하는 사람이 세상에 누가 있겠어. 다 돈은 좋아하지. 그놈은 돈을 좋아하는데, 자기가 나서서 일을 하지 않을 뿐이야.

응? 그런데 어떻게 돈을 버냐고?

그야 뭐…….

대신 일해줄 사람을 찾는 거지. 그런 후, 그 사람에게 진드기처럼 달라붙어서 돈을 빨아먹는 거지.

그런 호구가 있냐고?

킬킬킬킬.

너, 의선이라고 들어봤냐?

"대, 대신 내주시는 것 아니었습니까?"

위연호가 멍한 얼굴로 진소아를 보았다.

"대신 내줘?"

이게 무슨 개소리냐는 그 어조만으로 상황이 어떻게 돌아가는지 알게 된 진소아가 식은땀을 흘리기 시작했다.

"너, 일 년 내내 죽어라고 일하면 금자 한 냥 벌 수 있겠냐?"

"……어렵지 않을까요?"

잘나가는 의원들은 남의 의방에서 일을 해주고도 일 년에 금자 두 냥씩 받는다는 이야기를 듣기는 했지만…… 그건 경력이 쌓인 특급 의원들의 경우고, 지금 의술을 배우고 있는 과정인 진소아에게 그만한 돈을 줄 사람들은 없다. 기껏해야 일 년 동안 금자 반 냥이나 벌 수 있을까.

그럼 앞으로 봉록이 오른다는 것을 감안하고서라도 적어도 이십에서 삼십 년은 죽으라고 일을 해야 벌 수 있는 돈이 금자 스무 냥이다.

"그걸 갚으라구요?"

"헐? 남의 돈을 빌려가 놓고는 안 갚고 입을 싹 닦을 생각이었냐? 그러면서 뭐? 너의 길? 왜 내가 니가 가는 길에다가 내 돈으로 꽃을 깔아야 되는 거냐?"

그렇게 말씀하시면 할 말이 없지요.

진소아는 꿀 먹은 벙어리라도 된 양 입을 다물었다. 위연호가 하는 말은 하나 틀린 것이 없었다.

"그럼 지금까지 남의 돈도 안 갚고 성공이 어쩌니 하고 있던 거야? 양심도 없지."

"……죄송합니다."

옆에서 하대붕까지 고개를 주억거리고 있자 뭔가 죄를 지은 느낌을 강하게 받은 진소아가 자신도 모르게 사과를 하고 말았다.

"사과하면 끝나나! 돈을 갚아야 끝나지!"

"조금만 시간을 더 주신다면……."

"언제까지?"

그동안 참 뭐랄까······.

하는 짓거리는 인간 같지 않지만 그래도 착하게는 생겼다고 느낀 위연호의 인상이 대번에 변하는 순간이었다. 저리 얼굴에 심술보를 달고 있는 사람을 왜 못 알아보았을까.

"언제까지 갚으면 됩니까?"

"뭐, 돈이 없는데 어떻게 하겠어. 그냥 되는대로 갚으면 되는 거지."

"위 소협!"

순간, 위연호의 얼굴이 다시 착해 보이기 시작했다.

심술보라니, 그런 게 어디 있단 말인가! 모든 것은 진소아의······.

"다만, 원금을 못 까면 이자는 계속 붙는 거야, 이자는! 원래 돈이란 게 그런 거거든! 복리의 무서움을 알게 되었을 때는 이미 돌이킬 수 없는 거지!"

아니다.

이놈은 악마다.

"나는 저 양반처럼 독하게는 안 해. 그래도 내가 나름 지켜야 할 것은 지키는 사람이거든. 장주 아저씨, 조정 권고 이자가 얼마죠?"

"연 이 할입니다."

"들었지?"

"……이 할요?"

일 년에 이 할이라…….

원금이 금자 스무 냥이니까 일 년에 이 할이면 금자 넉 냥이 일 년마다 붙는구나.

"허허허허."

진소아는 호쾌하게 웃어 젖히고는 그 자리에 드러누워 버렸다.

"아몰랑! 배 째라, 이놈들아!"

진소아의 절규가 은하전장을 쩌렁쩌렁 울렸다.

"찍어."

"……."

진소아는 자신의 앞에 놓인 문서를 보았다.

'이게 노예 문서구나.'

성수장의 이름을 사용하게 하는 대가로 이자를 차감해 주는 대신에 금자 스무 냥을 모두 갚기 전에는 성수장이 아 닌 다른 곳에서 일을 할 수 없다는 서약서였다.

"위 소협."

"응?"

"거, 우리 사이에 꼭 이렇게 계산적으로 나오셔야겠습니 까?"

"우리 사이쯤 되니까 이런 파격적인 조건으로 해주는

거야."

파격적이요?

내가 파괴될 판인데, 뭔 파격적이요?

"소아야."

"예."

"돈 앞에는 형제자매도 없다."

"……."

"부모 자식도 갈라서게 하는 게 돈이다. 이만한 돈을 이 자도 안 받고 되는대로 갚으라고 할 사람은 천하를 뒤져 봐 도 나밖에는 없을 거다."

거, 그 말이 틀린 건 아닌 것 같은데, 왜 이렇게 속는 기 분이 든단 말인가.

"미련 버리고 찍어라."

"……성수장에서 일하면 제 봉록은 얼마가 되는 겁니 까?"

"그야 뭐……."

위연호가 씨익 웃었다.

"파격적으로. 파격적으로 연에 금자 한 냥씩은 쳐주마."

"봉록 인상은 있습니까?"

"하는 거 봐서."

없구나.

저 인간이 자신이 일하는 모습을 보러 올 일은 없을 테니, 인상은 없다고 봐도 좋았다.

그러니까 이게…….

'이십 년짜리 노예 문서구나.'

진소아가 고개를 돌려 창밖을 바라보았다.

하늘이 맑은 것이, 자꾸 눈가에 습기가 차오른다. 그의 나이 열다섯에 이십 년짜리 노예 문서를 작성하게 될 줄이야 누가 상상이나 했겠는가.

"좋게 생각해, 좋게. 이걸로 성수장이라는 이름이 다시 중원에 퍼질 기회를 잡는 거잖아."

"성수장과 인생을 교환하는 기분입니다만."

"너도 좋고, 나도 좋고, 모두가 좋은 방법이지."

진소아는 씨익 웃는 위연호의 입을 양쪽으로 잡아 째버리고 싶은 충동을 느꼈다. 하지만 위연호는 고수고, 그는 힘없는 의원이니 어쩌겠는가.

"안 찍어?"

"찍습니다."

진소아가 끙, 한숨을 내뱉고는 문서에 지장을 찍었다.

"후후후후."

위연호가 그걸 보더니 손을 뻗어서 문서를 회수했다.

"다만!"

"응?"

진소아가 눈에서 불을 뿜었다.

"이렇게까지 했으니 제대로 성수장에 투자를 해주시겠죠! 지금 당장 돈이 부족한 것은 어쩌실 겁니까! 제대로 된 의방을 차려주시지 않으면 저도 파업하겠습니다."

"돈이 왜 부족해?"

"위 소협이 가지고 계신 돈으로는 모자란다고 하지 않으셨습니까!"

"안 모자란데?"

"육십 냥으로는 어림도 없다면서요!"

"누가 내가 가진 돈이 육십 냥이래?"

"……네?"

진소아가 고개를 갸웃했다.

아무리 생각해도 자신의 계산이 맞는데?

"원래 가진 재산이 더 있으셨습니까?"

"내가 돈 가지고 다니는 사람으로 보이냐?"

아니겠지.

그리고 저 인간이 돈을 벌 수 있는 인간으로도 보이지 않았다. 일 년이 아니라 하루에 금자 한 냥을 준다고 해도 귀찮다고 드러누워 잘 인간이다.

일을 하지 않는 인간이 무슨 수로 돈을 번단 말인가.

"그럼 숨겨둔 재산이라도?"

"그런 게 있을 리가."

"그럼 대체 돈이 어디서 나셨다는 말입니까?"

위연호가 혀를 끌끌, 찼다.

"도박장에 나와서 내가 어디에 갔냐?"

"네?"

도박장에서 나와서라니? 금화장을 말하는 건가?

금화장에서 나오고는…….

"흑지주방에 가셨죠."

"그거야."

"아……."

어쩐지 저 인간이 귀찮음을 무릅쓰고 굳이 흑지주방까지 가서 탈탈 털어버린다 싶더니만, 목적이 있었구나!

진소아의 눈이 지진이라도 난 것마냥 떨렸다.

흑지주방은 흑도다.

고리대금을 비롯하여 자릿세를 받는 등으로 돈을 쌓아놓고 사는 곳이 흑도가 아니던가. 아무리 흑도가 겉으로 보이는 것에 비하여 실속은 없다고는 하지만, 무한 땅에서 최고로 쳐주는 흑도 방파인 흑지주방에 돈이 없을 리는 없는 것이다.

온갖 불법을 자행하며 돈을 끌어모으는 곳이니까.

"아주 악착같이 모아뒀던데?"

"그걸 꿀꺽하신 겁니까?"

"응. 내가 정리한 거니까."

진소아가 버럭 소리를 질렀다.

"그놈들이 양민들의 고혈을 빨아서 번 돈인데, 그걸 위소협이 꿀꺽하면 어떻게 합니까!"

"그럼?"

"나눠 줘야죠!"

"말은 바른말이다만."

위연호가 혀를 찼다.

"그 양반들도 나름 돈놀이를 해서 번 돈인데, 그럼 정당한 것 아니냐?"

"자릿세는요?"

"나라에서도 뭐라고 하지 않는 일인데, 내가 자릿세를 거둔 것을 정당하지 않다고 할 일이 아니지. 그거야 자기들이 알아서 할 일이고."

뭔가 항의하려는 진소아지만, 위연호는 쉬지 않고 말을 이었다.

"그리고 원 주인이 나보고 가지라는데, 뭐가 문제야?"

"협박이라도 한 겁니까?"

"협박이라니. 나는 그냥 걔들 데려다 놓고 이거 어떻게 할 것인지를 물어본 것뿐인데?"

"……금고까지 연 상태면 그 양반들은 다들 기어 다니고 있던 상황 아닙니까?"

"서 있는 사람은 없더라고."

그게 협박이지!

세상에 협박이 따로 있나! 칼을 들어야 꼭 협박인가!

진소아는 눈앞에 있는 위연호를 새삼스러운 눈으로 바라보았다. 보면 볼수록 양파 껍질 벗기는 것처럼 새로운 면이 있는 사람이었다.

처음에는 천하의 게으름뱅이인 줄 알았더니 의외로 고수였고, 도박도 잘하는데다가…….

"사악해."

"모함이다."

위연호는 손가락을 까딱거리며 진소아의 말을 부정했다.

"피해 본 사람은 없는 거야. 내가 그 안에 있는 고리대금 차용증들을 다 태웠거든. 사람이 그런 걸로 피해를 보면 안 되는 거지."

"지당하신 말씀입니다."

"저, 저는요! 제 차용증부터 태워주셔야 하는 것 아닙니까?"

"에이, 너는 그래서 내가 정상적인 걸로 교환해 줬잖아. 조정 권고 이자로."

"끄으응."

추욱 늘어져 탁자에 얼굴을 박은 진소아를 내버려 두고 위연호와 하대붕이 대화를 나누기 시작했다.

"그럼 얼마나 필요한 거예요?"

"백 냥 이상은 필요할 것으로 보입니다."

"흐음……."

위연호가 고개를 까딱이더니 말했다.

"수고비로 한 냥 드릴 테니까, 관련된 일체의 일을 전담해 주세요."

"여부가 있겠습니까."

죽이 착착 맞는 둘을 보며 진소아는 한숨을 내쉬었다.

"그, 그럼 저는 일단 집으로 돌아가 보겠습니다."

"응? 벌써? 앞으로 해야 할 말도 많은데?"

"……충격이 너무 커서."

"쯧쯧, 어린놈이 담은 작아서."

저는 얼마나 컸다고 어린놈을 입에 달고 사는 위연호였다.

진소아는 울분이 차올랐지만 더 이상 위연호와 대화를 나눈다는 것이 그닥 의미가 없다는 생각을 하고는 말없이 자리에서 일어났다. 손을 내저어 인사를 하는 둥 마는 둥하고 비척이는 걸음으로 밖으로 나갔다.

"쯧쯧, 요즘 애들은 대가 약해."

위연호가 혀를 차자 가만히 입을 다물고 있던 하대붕이 넌지시 물어왔다.

"어사 어른."

"에이, 그렇게 부르지 마세요. 어사 아니라니까."

"그럼 위 공자님."

"그것도 좀 간지럽기는 하네요."

하대붕이 진지한 어투로 물었다.

"왜 그러셨습니까?"

"네? 뭐가요?"

"이런 멍청한 계약은 다시없습니다. 왜 진 소협에게 그렇게 호의를 베푸시는 겁니까?"

"헤?"

위연호가 겸연쩍게 웃었다.

밖으로 나가다 다리에 힘이 풀려 주저앉은 진소아는 안에서 들려오는 소리에 살짝 놀라 문에 바짝 귀를 붙었다.

'이게 대체 무슨 소리지?'

호의?

위연호가 자신에게 무슨 호의를 베풀었단 말인가. 그가 받은 것이라고는 노예 계약이나 다름없는 문서 한 장뿐인데.

진소아가 안에서 들려오는 목소리에 귀를 바짝 기울였다.

"너무 좋은 조건이지 않습니까."

"뭐가요?"

"진 소협이 혼자서 이십 년을 노력한다고 해서 성수장을 되살릴 수는 없습니다."

"……음, 그렇죠, 그거야."

"그리고 성수장의 이름이 대단하다고는 하나 진 소협이 꼭 필요한 것은 아닙니다."

"그것도 그렇죠."

"그런데도 진 소협에게 이십 년 동안 금자 한 냥이라는 막대한 보수를 지급하면서 성수장을 되살리게 만들어주시는 이유가 뭡니까? 위 소협이 딱히 얻을 것이 없어 보이는데요?"

"왜 얻을 것이 없어요. 돈을 벌잖아요."

"돈은 지금도 충분히 가지고 계십니다. 그만한 돈을 투자해서 이십 년이 지나면 본전을 되찾으실 수 있을 것 같으십니까? 까딱하면 투자한 돈만 다 날리는 겁니다."

위언호는 대답하지 않은 채 앞에 놓인 엽차를 마셨다.

"진 소협이 위 공자님과 딱히 대단한 관계라고는 생각하지 않습니다. 굳이 의방이 아니더라도 돈을 벌 방법은 수두룩한데, 굳이 이런 방법을 사용하시는 저의를 모르겠습니다."

위연호는 찻잔을 내려놓았다.

"인연이죠."

"무슨 말씀이신지."

"제가 여기로 굴러 들어와서 저 녀석을 알게 된 것도 인연이 아니겠어요?"

"인연이라……."

위연호는 대수롭지 않게 대답했다.

"어차피 저는 방이랑 먹을 것만 있으면 더 바랄 게 없는 사람이니까, 돈이 있으면 그걸 의미 있는 데 쓰는 것도 좋겠죠. 소아는 큰일을 할 사람입니다. 지금은 비록 어리지만, 소아가 성수장을 되살리고 훌륭한 의원이 된다면 수많은 사람들을 살릴 수 있겠죠. 그러니 한 번 믿어보는 것도 나쁘지 않은 것 같아요."

"이해하긴 어렵지만, 공자님의 뜻이 그러하다면."

진소아는 입을 틀어막았다.

그리고 발소리가 들리지 않게 조심스레 건물 밖으로 빠져나갔다.

'위 소협이 나를 그렇게 생각하고 있었을 줄이야.'

조금 전까지는 악덕 고리대금업자가 따로 없었는데, 속으로 저런 생각을 하고 있을 줄이야 누가 알았겠는가.

하대붕의 말이 틀린 것이 없었다. 지금 그가 평생을 일한다고 해도 금자 스무 냥의 빚을 갚고 성수장을 재건하는 것은 현실적으로 불가능한 일이었다.

하지만 위연호가 시킨 대로 한다면 이십 년 뒤에는 모든 빚을 갚고 재건한 성수장에서 명의로서 이름을 날리고 있을지도 모를 일이었다.

'다 나를 생각한 건데…….'

잠시나마 위연호를 나쁘게 생각한 것이 미안할 정도였다.

"보답해야지."

자신이 할 수 있는 것은 훌륭한 의원이 되는 것밖에 없다. 그렇게 생각한 진소아는 집을 향해 달려갔다.

"갔어요?"

문을 슬쩍 열고 밖을 내다본 하대붕의 눈에 멀리 뛰어가는 진소아가 보였다.

"네, 갔습니다."

"흐흐흐흐."

위연호의 입가에 사악한 미소가 걸렸다.

"어린애 하나 속여 먹는 거야 일도 아니지."

"······매우 악질적으로 보입니다마는?"

"그런가요?"

위연호는 회심의 미소를 지었다. 이걸로 말 잘 듣고, 배경 좋고, 파급효과 좋은 노예 하나를 손쉽게 얻어냈다.

"이런 일에 동참하게 되다니, 신용 하나로 먹고 살아온 제가······."

하대붕은 아연한 표정이었다.

"악덕 고리대금업자 주제에 신용이라니!"

"……저는 정해진 이율을 준수했습니다."

"육 할짜리?"

"사 할 오 푼입니다."

하대붕은 위연호의 말을 정정해 주고는 입맛을 다셨다.

"참 양심적으로 사셨네요."

"제가 워낙 타고나길 착하게 타고나서."

"침 바르셨어요?"

"……아까."

하대붕이 겸연쩍게 웃고는 말을 이었다.

"그건 그렇고, 뭔가 양심의 가책이 생길 듯 말 듯합니다."

"소아에게도 나쁜 조건은 아니니까요."

"그렇긴 합니다만……."

조금 전에 한 말도 반쯤은 사실이었다. 확연하게 사실과 다른 점이 있다면 성수장이라는 간판은 어디에서나 쉽게 구할 수 있는 것이 아니라는 것이고, 그 간판을 들고 있는 것만으로도 진소아에게는 금자 스무 냥 이상의 가치가 있다는 점 정도였다.

"그래서 이제 어쩌실 거예요?"

위연호의 말에 하대붕이 침음을 삼켰다.

"어차피 이대로 계속 일을 한다고 해도 지점장을 벗어나기 힘들어 보이는데, 이 기회에 이직하시죠?"

"······어째서 저를 쓰려고 하시는 겁니까? 위 공자께서 보시기에 저는 돈 없는 자들의 피를 빨아먹는 고리대금업자나 다를 것이 없지 않습니까? 칼을 들지 않았다 뿐이지, 제가 하던 일은 흑지주방이 하던 일과 그리 차이가 없습니다."

"그래서죠!"

위연호가 손뼉을 짝, 쳤다.

"그 무시무시한 이율을 받아 처먹으면서도 전장을 유지해 온 그 수완! 물에 빠진 사람들이 지푸라기라도 잡아보겠다고 찾아온 전장에서 그 사람들의 머리를 짓밟아 물속에 밀어 넣는 짓을 서슴없이 저지를 수 있는 그 정신력!"

"······욕이죠?"

"그 정도면 뭘 맡기더라도 잘할 수밖에 없죠. 아암, 그렇고 말구요. 어때요? 돈은 충분히 쳐줄 테니, 이 기회에 신생 성수장의 총관으로 새로 시작해 볼 생각은 없으신가요?"

"예전이었다면 뒤도 돌아보지 않고 덥썩 잡을 동아줄이라고 생각했겠습니다만······."

눈앞에서 진소아가 눈탱이를 얻어맞는 것을 생생히 목격하다 보니 이 동아줄도 알고 보니 낚싯줄이 아닌가 하는 의혹이 일었다.

"혹시 저도 당하는 것 아닙니까?"

"아실 만한 분이 왜 이러실까."

"……당하는 것 맞군요."

"에이, 아니에요."

하대붕은 의뭉스러운 위연호의 표정을 보며 고뇌에 빠졌다.

그도 상계에서 굴러먹으며 난다 긴다 하는 사람을 많이 만나 보았지만, 이만큼이나 의도를 알 수 없는 사람은 처음이었다. 어떤 사람이든 무슨 일을 꾸밀 때는 감정이나 의도가 표정에 조금이라도 드러나기 마련인데, 위연호는 그런 것이 전혀 없었다.

지금도 세상 다 산 표정으로 만사가 귀찮다는 듯이 의자에 축 처져 있는데, 저 꼴에서 대체 무슨 의도를 읽으란 말인가.

"끄으응."

하대붕이 긴 한숨을 내쉬었다.

'동아줄일지 낚싯줄일지는 모르겠지만, 어쨌든 이게 새로운 기회가 될 수 있다는 것은 확실하다.'

안 그래도 전장업에 염증을 느끼고 있던 차였다.

전장이라는 것이 그렇다. 할 수 있는 것은 운영뿐, 사업을 확장한다든가, 새로운 뭔가를 시도할 수 있는 것이 없었다. 그저 입을 쩌억 벌리고 있다가 사람이 오면 덥썩 물어

삼키는 것이 그가 할 수 있는 전부였다.

이쪽 계열로는 천부적인 실력을 발휘하고 있는 하대붕이지만, 스스로 계획하여 움직일 수 있는 새로운 일에 대한 갈증이 커지던 차였다.

"제가 원하는 대로 운영할 수 있도록 해주시겠습니까?"

"전권을 드린다고는 할 수 없지만, 최대한 참견은 안 하도록 할게요. 그리고 보시다시피 저는 참견을 하고 싶어도 잘 할 수가 없는 사람이에요."

"……그건 그래 보입니다."

참견하는 것도 뭘 알아야 하는 것이고, 알려면 움직여야 한다. 들어보니 방구석에서 보름이고 한 달이고 밖으로 나가지 않는 유형의 인간 같던데, 그런 인간이 무슨 수로 의 방이 돌아가는 것을 알고 참견을 하겠는가.

'영 미덥지는 않지만…….'

사람을 보면 절대 해서는 안 되는 일이지만, 그 사람의 능력만은 탁월하다 할 수 있었다.

'낚싯줄이 확실한데…….'

미끼가 너무 먹음직스럽다. 저 정도의 미끼라면 한 번 물어보는 것도 그리 나쁘지는 않을 것 같았다. 미끼를 물지 않고 굶어 죽느냐, 먹음직스러운 미끼를 물고 후일을 운명에 맡기느냐의 선택일 뿐이다.

"하겠습니다."

하대붕은 힘차게 고개를 끄덕였다.

위연호가 씨익 웃고는 하대붕에게 자신의 손을 내민다.

하대붕은 위연호가 내민 손을 맞잡았다.

"잘 부탁드릴게요."

"예, 저야말로."

호북 의가에 폭풍을 몰고 올 성수장의 부활이 시작되고 있었다.

"일단 제일 필요한 것은 건물입니다."

"건물이요?"

"아무래도 건물이 으리으리해야 사람들이 '아, 이 의원에 가면 목숨 구하는 것은 별것 아니겠구나' 하는 법이지요."

"그렇군요."

위연호도 고개를 끄덕였다.

원래 사람이든 장사든 겉모습이 중요한 법이다. 위연호도 사부의 겉모습이 선풍도골이 아니었다면 그리 쉽게 속아 넘어가지는 않았을 것이다.

그 대춧빛 붉은 얼굴에 새하얀 선염만 아니었어도!

"사기꾼!"

"네?"

"아, 아니에요."

위연호는 고개를 휘휘 저었다. 사부에 대한 생각만 하면 속이 뒤집어지는 느낌이 났다.

"건물은 적당한 게 있는 것 같은데요."

"매입해 둔 건물이 있으십니까?"

"그런 건 아닌데…… 주인도 없고, 주인을 자처할 사람도 없는 건물을 무상으로 받을 수 있을 거 같은데요."

"어디 말씀이십니까? 그런 곳이 있습니까?"

"흑지주방이요."

"……."

하대붕이 멍한 표정으로 위연호를 바라보았다.

이 미친놈이 지금까지 흑도 방파로 쓰이고 있던 건물에 다가 의방을 차리겠다고 한 건가, 지금?

"다시 생각을 해보시는 게?"

"왜요? 건물 으리으리하고, 중심가에서 가깝고. 무한에서 그만한 입지도 잘 없죠."

"그렇긴 합니다만."

입지로만 따지면 두말할 것이 없지.

무한 한중간에 있는데다가 대로변에 있으니까. 게다가 무한에 사는 사람들이라면 흑지주방이 어디 있는지 모르는 사람을 찾기가 어려울 정도로 유명한 곳이니, 입지로서는 더할 나위가 없었다.

하지만 사람이라는 게 인식이 어디 그런가.

입지를 얻고 인망을 박살 내서야 어디 장사가 되겠느냐는 말이다.

"……똥통을 걷어냈다고 그 위에 식당을 짓는 사람은 없습니다."

"에이, 사람 괴롭히던 곳에 사람 살리는 곳이 들어선다는, 인식의 전환이 있을 수 있잖아요."

"그건 그냥 희망론입니다."

"일단 그건 넘어가구요."

"그리고 두 번째로는 양질의 의원들을 영입하는 것이 중요합니다."

"음……."

"성수장의 이름으로 대대적으로 의원의 개원을 알린다고 하더라도 초기에 의원을 찾은 이들이 제대로 된 진료를 받지 못한다면 곧 발길을 끊을 것입니다. 입소문이 쫙 퍼지게 하는 것이 중요합니다."

"그러구요?"

"마지막으로는 역시나 소문이죠."

하대붕이 앞에 손을 가져다 대고는 속삭이는 시늉을 했다.

"아무리 좋은 의원을 차린다고 하더라도 사람들이 알아주지 않는다면 아무짝에도 쓸모가 없습니다. 빠르게, 그리고 확실하게 소문을 퍼뜨려야 합니다."

위연호는 고개를 끄덕였다.

"과연 나의 장자방이로다."

"헤헤헤."

"그럼 그 모든 상황에 대한 해결책을 가지고 있겠지요?"

"……."

하대붕은 꿀 먹은 벙어리가 되었다.

왜 그 해결책을 하대붕이 가지고 있어야 하는 건가.

"제가요?"

"원하는 대로 운영할 수 있게 해달라고 하지 않았어요?"

"그랬죠."

"그런데 이런 건 다 내가 하고, 본인은 열매만 따 드시겠다? 힘든 일은 남한테 다 맡기고?"

그런 뜻은 아니었는데, 뭔가 파렴치한이 되어가는 분위기다.

"그, 그건 아닙니다."

"그럼 해결책을 가지고 계시겠죠?"

"……."

"없으면 만들어 오세요. 내일까지."

하대붕은 뭔가 잘못되어 가고 있다는 것을 느꼈지만, 발을 빼기에는 너무 깊이 담근 뒤였다. 위연호라는 수렁

은 한 번 빠지면 도통 빠져나갈 수가 없는 깊은 늪과 같
았다.

"퇴직 가능합니까?"

"죽으면 어딜 못 가겠어요."

"……어머니."

하대붕의 눈가에 습기가 차올랐다.

30장

게으름뱅이, 수작을 부리다

"길이 괜찮구려."

"······."

"시간이 있으면 중간에 어딜 좀 들렀다 가지 않겠소? 이런 편안한 마음으로 길을 가는 것도 참 오랜만 아니오."

"······."

"여보?"

"한마디만 더 하면 그 입을 다시 놀릴 일이 평생 없을 수도 있으니 주의하길 바라요."

위정한은 입을 꾹 다물었다. 아까부터 그의 부인은 심기가 영 나빠 보인다. 이럴 때는 죽었다 하고 입을 꾹꾹 다물어 버리는 것이 최고다. 괜히 입을 뗐다가는 밥도 못 얻어먹는 사태가 생긴다.

워낙에 지은 죄가 많다 보니 한상아에게 기를 펴지 못하는 위정한이지만, 위연호가 실종된 이후부터는 아예 고양이 앞의 쥐가 되어버렸다.

그나마 반대하던 한상아를 설득해서 위연호를 학관에다 집어넣으려고 했던 사람이 위정한이기 때문이었다.

위정한도 자신의 죄를 알다 보니 한상아가 무슨 말만 하면 자라처럼 목을 집어넣기가 일쑤였고, 지금에 와서는 찍소리도 못하는 형편이 되어버렸다.

'천하의 정협검(正俠劍)이 공처가라니…….'

모산아는 정협검과 한상아를 보며 흥미로운 눈을 했다.

'이건 정보로의 가치가 있을까?'

가치가 있다고 하더라도 대부분은 믿지 않을 것이다. 정협검은 협의를 행하는 협객이지만, 마도를 쫓는 이들에게는 저승사자보다 무서운 이라 알려져 있다.

협을 행함에 있어 망설임은 필요 없다는 유명한 말을 남긴 이가 바로 정협검 아닌가. 그의 손에 유명을 달리한 마두가 족히 백은 넘을 것이다.

아무리 마두라고는 하나 사람.

협의를 행한다는 명목하에 백이 넘는 사람을 저승으로 보낸 이가 마누라의 말 한마디에 쩔쩔매다니.

도저히 믿지 못할 광경이었다.

"마차가 왜 이리 느리죠?"

"……벌써 말이 몇 마리나 거품을 물고 쓰러진 걸 잊은 거요?"

"말이 별로 좋지 않은 모양이네요. 내가 분명히 최상급 으로 준비하라고 했을 텐데요?"

"전설의 한혈마는 아니더라도, 한혈마 뺨치는 놈들로 준 비를 했단 말이오."

특히나 가격이 한혈마 뺨쳤다.

그의 인내심이 조금만 부족했으면 마상의 멱살을 잡고 '이 사기꾼 놈들, 다 죽여 버리겠다!'를 외치는 추태를 부 릴 뻔했으니 오죽하겠는가.

"당신이 하는 일이 다 그렇죠."

위정한은 시무룩해져서 시선을 자신의 발로 향했다.

그 모지리 같은 모습이 위정한의 평소 모습이라고 생각 하니 도무지 믿을 수가 없는 모산아였다.

'광동위가는 대체 뭐지?'

그가 본 위산호는 그야말로 무인이라는 말이 어울리는 사람이었다. 지금은 비록 나이가 어리더라도 십 년만 더 지 나면 광동위가에서 천하제일인이 나올지도 모른다는 생각 을 하게 만들 정도로 강렬한 인상을 남긴 사람이 척마검 위 산호였다.

그런 그를 길러낸 위정한은 그 이상의 무인일 거라고 생각했는데, 막상 만나 보니 이런 공처가가 따로 없다. 공처가라고 해도 부인을 무서워하는 정도에서 끝나면 다행인데, 행동거지는 광동위가의 가주라고 하기에 품격도 없고 권위도 보이지 않았다.

'게다가…….'

위연호까지 떠올리자 머리가 아파오기 시작했다.

그녀가 개봉 지부를 맡은 이후로 가장 이해할 수 없는 인간이 위연호가 아니던가.

보통 이름난 가문이나, 소위 세가라고 불리는 곳에는 괴짜가 하나씩은 들어앉아 있기 마련이다.

하지만 괴짜라고 하기에도 민망한 것들이 셋이나 있는 곳은 그녀가 알기고는 광동위가밖에 없었다.

'터가 안 좋은가?'

단 셋밖에 없는 직계가 모조리 상태가 이상하니, 이건 조상을 잘못 두었거나 터가 좋지 않다고밖에 해석할 수 없었다.

"무슨 생각을 그리 골똘히 하나요?"

"네? 아! 네!"

모산아가 군기가 바짝 들어 몸을 경직시켰다. 지금 말을 걸고 있는 사람이 정협검과 천하제일 후기지수, 그리고 정체불명의 소년 고수를 한 손에 쥐고 흔드는 광동위가의 지배자라는 생각이 들자 그녀의 몸에서 땀이 삐질삐질 배어 나왔다.

'정무맹주를 만나도 이렇게 긴장되지는 않을 거야.'

그런 사람과 함께 마차를 타고 가는 것은 고역 중의 고역 이었다.

무공만 할 줄 알았어도 말을 타거나 경공을 펼쳐 호북까지 갔을 터이지만, 한상아는 무인은 무인이되 어디서 무공을 배웠다고 자기 입으로 말하고 다니기도 민망한 수준의 무인이었다.

여자가 무인으로서의 경지가 약한 것이 흠이 될 리는 없지만 말이다.

"그냥 잠시 딴생각을 하고 있었습니다."

"지루하죠?"

"아니에요."

모산아가 손을 휘저었다. 그 모습마저도 마음에 드는지 한상아는 흐뭇한 미소를 지었다.

어쩜 저리 고운가.

처음 봤을 때부터 똑 부러지더니, 보면 볼수록 마음이 가는 처자였다. 출신이 조금 나쁘고 나이가 조금 많은 게 흠이기는 하지만.

'내 자식의 흠에 비하면 그건 흠도 아니지.'

고슴도치도 제 자식은 함함하게 느낀다지만, 귀여운 건

귀여운 거고, 답이 없는 건 답이 없는 것이다.

여전히 위연호가 예뻐 보일 것 같은 환상아지만, 그녀는 냉정했다. 그의 아들은 염가 처리해야 하는 재고 물품 같은 존재다. 알아서 팔리겠지 싶어서 내버려 두면 창고의 자리를 차지한 채 영원히 사라지지 않는, 그런 물건 말이다.

염가로 팔아넘기든, 협박하여 넘기든, 사기를 쳐서 넘기든…… 무슨 수를 쓰지 않으면 결코 팔리지 않을 아들놈이었다.

'그러니 어떻게든…….'

그때, 마차가 천천히 멈춰 섰다.

"으응?"

모산아의 눈이 날카로워졌다. 지금 마차가 멈춰야 할 이유가 없었다. 모산아는 자리에서 일어나 마부석으로 통해 있는 작은 창을 열었다.

"무슨 일이죠?"

"아가씨, 앞을 가로막은 이들이 있습니다."

"누구죠?"

"아무래도 산적 같습니다만……."

"산적? 산적이 문제가 되나요?"

그녀는 하오문 개봉 지부의 지부장이기도 하지만, 하오문주의 딸이기도 하다. 그녀를 보필하는 마부 역시 하오문에서는 알아주는 고수였다.

하오문에 대해 잘 모르는 사람도 야객(夜客)이라는 이름은 들어봤을 정도니, 더 이상 설명이 필요하지는 않을 것이다.

그런 사람이 고작 산적 때문에 마차를 세운다?

"아무래도 녹림 같습니다."

"녹림!"

모산아가 얼굴을 굳히고 마차 문을 열었다.

녹림이라면 쉽게 상대할 수 있는 이들이 아니었다. 어중이떠중이가 개방만큼이나 많은 녹림이지만, 그렇기 때문에 어설프게 건드려서 척을 지게 되는 경우가 많다.

산적은 두려울 것이 없지만, 녹림의 주요 산채들이 직접 나서기 시작한다면 골치가 아파진다.

마차에서 내려보니 가죽으로 둘러싼, 전형적인 복장을 갖춘 산적이 아니라 녹색의 청삼을 입고 있는 날카로운 인상의 고수들이 보였다.

'녹림이군.'

가슴에 새겨진 림(林) 자가 그들의 정체를 대변해 주고 있었다.

"무슨 일이십니까?"

녹림에서 나온 이들은 대답 없이 천천히 그들을 훑어보고는 서서히 주변을 둘러싸기 시작했다.

"녹림은 경우도 없나요?"

모산아의 목소리가 앙칼지게 나오자 그들이 눈에 이채를 띠었다.

"우리를 알고 있으면 보통 놈들은 아니겠군. 정체가 뭐지?"

"하오문 개봉 지부장 모산아입니다. 하오문과 녹림은 그동안 좋은 관계를 유지해 왔으니 굳이 척을 질 필요가 없다고 생각 됩니다. 무슨 일인지는 모르겠지만, 상황을 설명해 주신다면 협조하지요."

선두에 선 사내의 눈이 가늘어졌다.

"하오문이라……."

사내는 영 마음에 들지 않는다는 듯이 모산아를 보다가 입을 열었다.

"하오문이라…… 확실히 하오문이라면 그런 말을 할 자격이 있지. 좋다, 돌아가라. 산을 내려간다면 더 이상 막지 않겠다."

"우리는 이 산을 지나야 해요."

"불가(不可)."

사내는 단호하게 말했다.

"녹림왕께서 산의 폐쇄를 명하셨다. 최근 불미스러운 일이 있어 그 본보기를 보이기 위해 이 산은 아무도 지나갈 수 없다."

"……."

모산아의 얼굴이 어두워졌다.

녹림왕의 이름이 나온 이상 타협은 존재할 수 없었다. 산에서 나는 것들로 먹고사는 이들은 그 누구도 녹림왕의 이름에서 자유로울 수 없는 것이다.

적어도 산에서만은 천자와도 같은 지위를 누리는 자가 녹림칠십이채의 주인인 녹림왕인 것이다.

"산을 내려가서 돌아가야 한다는 말인가요?"

"그렇다. 원래는 가진 것을 모두 내놓고 가야 할 테지만, 하오문의 체면을 보아 너희는 그냥 보내주도록 하겠다. 더이상은 요구할 생각을 하지 않는 게 좋을 것이다."

"으음……."

모산아의 미간에 주름이 잡혔다.

산을 내려가는 것은 그리 어려울 것이 없지만, 길을 돌아가게 되면 그만큼의 시간이 더 걸린다. 이 주변에 마차가 갈 수 있는 길은 이곳밖에 없으니, 더욱더 시간이 많이 걸릴 것이다.

그리고 그렇게 되면…….

"뭐? 산을 돌아가라고?"

마차 안에서 날카로운 음성이 흘러나왔다.

모산아가 한숨을 쉬었다.

안 그래도 마차가 늦다고 불만투성이던 한상아가 산을 돌아가는 상황을 순순히 용납하지 않을 것 같았다.

"아무래도 길을 비켜주셔야겠는데요."

"우리가 하는 말을 못 알아들은 것인가?"

"물론 말은 알아들었어요. 그런데 저희도 사정이라는 게 있거든요."

"사정?"

한상아는 굳이 녹림과 척을 지고 싶지 않았다. 하오문이라는 단체는 정보를 얻어 먹고사는 문파인 만큼 어디와도 척을 지면 안 되는 곳이다.

하지만 지금 마차 안에 타고 있는 사람들은 그럴 이유가 없었다.

"저는 빠지겠어요. 그러니 당사자와 이야기를 해보시는 게 어떨까요?"

"계집이 사정을 보아주었더니…… 녹림왕의 이름을 무시하는 것이냐!"

막 녹림도들이 발작하려는 찰나에 마차 안에서 묵직한 음성이 들려왔다.

"거, 산적 놈들이 말이 많구나."

녹림도들의 시선이 마차의 문으로 쏠렸다.

그러자 곧 옷차림이 살짝 흐트러진 중년인이 안에서 천천히 걸어 나왔다.

"시절 좋구나. 마차 안에서 계집질이라니."

오해가 발생했지만, 모산아만큼은 저 옷차림이 그렇고

그런 일 때문이 아니라 한상아가 위정한의 멱살을 잡고 탈
탈 털었기 때문에 흐트러진 것이라는 사실을 알 수 있었다.

'정협검의 멱살을 잡다니.'

세상을 지배하는 것은 남자지만, 남자를 지배하는 것은
여자라더니……. 그야말로 뭇 여성들의 귀감이 되시는 분
이었다.

"녹림왕이라……. 오랜만에 듣는군."

정협검이 미묘한 미소를 지었다.

"그 친구 옆구리는 성한가 모르겠군? 그때 검이 꽤나 깊
이 들어갔는데 말이야."

"이놈이!"

막 선두에 있던 녹림도가 발작하려는 찰나, 뒤에 있던 녹
림도가 그의 어깨를 잡고 내리눌렀다.

"뭐냐?"

상황을 파악하지 못한 녹림도가 뒤를 돌아보자 떨리는
눈으로 위정한을 바라보던 녹림도가 입을 열었다.

"저, 정협검!"

"뭐?"

녹림도들이 다들 몇 발작씩 뒤로 물러났다.

"정협검이라고?"

"녹림왕의 옥체에 깊은 검흔을 남긴 이가 정협검이라는
말을 들은 적이 있다."

"정협검……."

정협검이라는 이름이 주는 여파는 어마어마했다. 조금 전까지 녹림왕이라는 이름으로 그들을 겁박하던 녹림도들이 마치 마귀라도 본 것마냥 두려움에 떨고 있었다.

"내가 원래 너희 같은 놈들을 그냥 두고 가는 사람이 아니지만……."

위정한이 아쉽다는 듯이 혀를 찼다.

"지금은 가는 길이 바쁘니 이번 한 번은 용서를 해주도록 하지. 그러니 썩 비켜라."

천하제일의 공처가가 천하제일 탕마멸사로 변하는 순간이었다.

선두에 있던 녹의인이 살짝 떨리는 목소리로 입을 열었다.

"정말 정협검이시오?"

"내가 위가의 정한이다."

"……정협검이 어찌 이곳을."

광동에 있어야 할 사람이 왜 이 먼 곳에 나타났단 말인가.

"그것까지야 네놈들이 알 것 없고."

아들내미 찾아가는 길이라고 말을 하자니 뭔가 망신스럽다. 위정한은 말을 돌렸다.

"어찌할 것이냐? 비킬 거냐, 아니면 내 검이 얼마나 날카로운지 몸뚱아리로 느껴보겠느냐?"

녹림도는 말없이 뒤로 물러섰다.

정협검이 확실하다면 생각할 거리도 없었다. 그들의 수는 겨우 다섯. 다섯이 아니라 오십이 있다고 해도 정협검을 감당할 수는 없었다.

"지나가시오."

녹림도들은 멀찍이 좌우로 물러섰다.

"흐음, 말귀는 잘 알아듣는구나."

위정한은 허리에 찬 검의 손잡이를 잡았다 뗐다 하며 입맛을 다셨다.

그 광경이 마치 손 한 번 풀어보려고 했는데 아쉽다고 하는 것으로 느껴져 소름이 돋는다.

"녹림은 광동위가와 적대할 생각이 없소."

"뭐, 나는 생각 있지만."

위정한은 아쉬운 눈으로 그들을 한 번 훑어본 후, 마차에 올랐다.

모산아가 상황을 정리했다.

"하오문 역시 녹림과 척을 질 생각이 없습니다. 다만, 타고 계신 분이 워낙에……."

"이해하오."

고개를 꾸벅 숙여 보인 모산아가 오르자 마차가 천천히 길을 지나가기 시작했다.

마차가 천천히 멀어지자 한 사내가 입을 열었다.

"이대로 보내는 것입니까?"

"그럼?"

"녹림왕께서는 길을 가는 모든 이를 막으라 하셨습니다."

"그러셨지."

"이대로 저들을 보내는 것은 녹림왕의 명을 거역하는 것이 됩니다."

"괜찮다."

"하나……."

"괜찮다 하지 않았느냐. 너는 천자가 지나가도 녹림왕의 명이라고 그 앞을 가로막을 테냐?"

"……."

"너무 곧이곧대로 일을 하려고 하지 마라. 그게 네 목을 조이게 되는 날이 올 것이다. 위에서 윽박지르거든 정협검이라는 한마디면 된다."

"알겠습니다."

녹림도는 멀어져 가는 마차를 멍하니 보았다.

'정말 물러설 줄이야.'

예상은 하고 있었지만, 결과는 충격적이었다. 정협검이라는 말 한마디에 녹림도들이 다들 물러서 버렸다.

'녹림왕의 이름까지 들먹였는데…….'

녹림도들이 녹림왕의 이름을 건다는 것은 결코 협상하지 않겠다는 의지를 드러낸 것과 같았다. 그럼에도 정협검이라는 이름 하나로 그들의 의지를 꺾어버린 것이다.

그녀가 알고 있는 이상으로 정협검이라는 이름이 흑도에는 공포의 대명사로 통하고 있다는 뜻이었다.

문서로는 알고 있었지만, 그저 정보로 알고 있는 것과 그것을 피부로 느끼는 것에는 큰 차이가 있다는 것을 새삼 실감하는 모산아였다.

그런데…….

"왜 이리 느리냐고 했잖아요!"

"상아, 조금 늦는다고 연호가 죽지는 않소."

"생때같은 내 새끼 생채기라도 나면, 그날로 당신은 평생 그 좋아하는 비무나 하면서 살아야 될 줄 알아요."

"응? 그건 좋은 것 아니오?"

"좋은 거죠! 그러니까 집에는 들어올 생각도 하지 말아요!"

"마차가 너무 느린 것 아니오!"

자리에서 벌떡 일어난 위정한이 마부를 향해 소리치자 야객이 쓴웃음을 머금으며 말했다.

"지금 최대한 빨리 가고 있습니다. 이 이상 속도를 올리면 말들이 견디지를 못합니다. 가장 먼저 들를 수 있는 마시장에서 말들을 바꿀 생각으로 속도를 조절하고 있는 것이니, 조금 이해해 주시기 바랍니다."

"……그렇다잖소."

"그럼 얼른 얼른 해결하고 올 것이지, 괜히 또 시간이 끌렸잖아요."

"내가 잘못했소."

위정한이 곧 성불할지도 모른다는 생각을 한 모산아가 창문을 살짝 열고 나직하게 말했다.

"속도 좀 올려보세요."

"이게 최선입니다."

"사람 하나 살리는 셈 치시구요."

"……노력해 보겠습니다."

사정을 들어보니 오 년 만에 실종되었던 아들을 만나러 가는 길이니 그 심정이야 오죽할까마는, 그래도 사람을 저렇게 닦달하는 모습을 보니 위정한이 불쌍하게 느껴졌다.

"상아, 내가 지은 죄가 있어서 말은 못한다만, 그래도 너무 심한 거 아니겠소? 이제는 그만 나를 용서해 줄 때도 되었지 않소?"

모산아는 자신도 모르게 고개를 끄덕였다.

"갓난 애기 집에 두고 나가서 비무행을 몇 년이나 하고 온 사람이 뭐가 문제예요? 그때처럼 하면 되지?"

"헐? 그런 일이 있었어요?"

모산아의 머리에서 빠르게 계산이 돌았다. 위연호의 나이와 위정한의 비무행 시기를 비교한 모산아의 눈이 차가워졌다.

"어떻게 그런 짓을."

모산아가 벌레를 보는 듯한 눈으로 위정한을 바라보기 시작했다.

"심지어 저는 애도 혼자 낳았답니다."

"어머나!"

"남들은 임신했다고 한겨울에 황도도 구해 온다고 하던데, 저는…… 흑!"

모산아는 위정한에게 동정의 여지가 없다는 결론을 내리고 다시 창을 열었다.

"숙부."

"네, 아가씨?"

"정속으로 가시죠."

"……예."

안에서 벌어지는 일을 모두 듣고 있던 야객은 나직이 혀를 찼다.

같은 남자로서 불쌍하기는 하지만, 여기서 괜히 동조해 주다가는 그까지 끔찍한 꼴을 당한다.

장가간 아들놈이 마누라가 임신했을 때 먹고 싶은 걸 안 사다 준 걸로 삼 년째 불평이다 했더니, 그 말을 들은 아버지가 나는 삼십 년째 시달리고 있다 했다던 일화도 있지 않은가.

'그러게 잘 좀 하지.'

위정한의 한숨 소리가 그의 손을 재촉하고 있었다.

*　　*　　*

진소아는 속전속결이라는 말이 무슨 뜻인지 알 수 있었다.

위연호가 말을 꺼낸 지 불과 이틀 만에 흑지주방이 있던 곳은 의방의 모습을 갖춰가고 있었다.

"이쪽이 약재실이고, 이쪽이 진료실이다. 장주실을 저쪽! 장주실은 대충 겉으로만 번지르르한 것들로 채워놔!"

그리고 그 중심에는 하대붕이 있었다.

전장의 장주라던 사람이 어떻게 이런 재능이 있는지는 모르겠지만, 하대붕은 그야말로 총관이라는 자리를 위해서 태어난 사람 같았다. 계획이 짜여지자 가공할 속도로 예산 견적을 내더니, 순식간에 사람들을 섭외해서 의방을 꾸미고, 약재를 채우고, 인재를 모집하기 시작했다.

"서둘러라! 서둘러! 허리를 펴지 말고 일하라는 말이다! 약재 열 가마를 옮기고 나서 허리를 한 번 펴야 하는 것이다!"

"……귀신."

하대붕은 중간중간 잔소리를 해 대며 일꾼들을 독려했다. 일당을 주고 일을 시키는 만큼 단 한시도 쉬지 못하게 해서 반드시 일당을 뽑아 먹겠다는 의지가 느껴졌다.

'하기야 수전노니까.'

사람들을 갑자기 들썩들썩 흑지주방에 무슨 일이 벌어지는가 싶어서 고개를 빼꼼 내밀고는 안을 바라보았다.

공사가 한창 벌어지고 있는 모습을 본 이들이 쑥덕대기 시작했다.

"이게 뭔 일이지?"

"거, 새로 누가 건물로 들어오는 모양인데?"

"그 불한당 패거리들은 어쩌고?"

"자네, 모르나? 그놈들…… 며칠 전에 싸그리 병신돼서 쫓겨났잖은가."

"나라에서도 못 건드리는 놈들 아니었는가. 누가 그런 장한 일을 했는가?"

"그거야 나도 모르지. 여기저기가 부러져서 절뚝거리는 놈들이 서로 부축해서 도망가는 걸 봤다는 사람들이 한둘이 아니야."

"그럼 여기는 이제 누가 쓰는 건가? 그래도 그 흉한 놈들이 쓰던 곳인데, 들어오려고 하는 사람이 있나?"

"그러게?"

사람들의 의문은 곧 풀릴 수밖에 없었다.

커다란 간판이 대문에 달리기 시작했다.

"성수장?"

대문은 곧 커다란 천으로 가려졌지만, 볼 사람은 이미 다들 본 뒤였다.

"이게 뭔 소리야? 의방이 들어선다는 말인가? 그 흉한 놈들이 살던 곳에?"

"좋은 일이기는 한데…….'

사람들은 찜찜한 시선으로 천으로 가려진 간판을 바라보았다.

의방이 들어선다는 것은 좋은 일이지만, 원체 나쁜 놈들이 쓰고 있던 곳이니만큼 그놈들이 다시 돌아와서 행패를 놓을까가 걱정이 되었다.

엄한 놈 옆에 서 있다가 서리 맞는다고, 괜히 진료를 보러 갔다가 엮일까 싶은 것이 그들의 솔직한 심정이었다.

그때, 안에서 한 사람이 밖으로 나왔다.

"오?"

당당한 풍채에 비단옷을 입은 중년인을 본 이들이 다들 눈을 크게 떴다.

"중인들께 아뢰오! 이틀 뒤, 성수의방의 개장을 알리는 잔치를 벌일 터이니, 많이들 오셔서 새로운 의방이 생긴 것을 축하해 주시기 바랍니다."

"오오!"

잔치라니.

개장을 하면서 폭죽을 터뜨리거나 떡을 돌리는 경우야 있지만, 이렇게 잔치를 하는 경우는 흔치 않았다.

"많이 데려와도 됩니까?"

중년인이 사람 좋은 미소를 지으며 고개를 끄덕였다.

"물론입니다. 더 많은 사람들에게 알려주십시오. 음식은 충분히 준비할 터이니 걱정 마시구요."

"그럽시다."

하대붕은 빙긋 미소를 짓고는 몸을 돌려 안으로 들어갔다. 그리고 몸을 돌리자마자 그의 표정이 바뀌었다.

"누가 쉬라고 했습니까! 오늘 내로 공사를 마무리해야 하니 쉬지 말고 일하라고 했지 않습니까! 거기! 환자들이 올라가야 하는 계단이니 높게 하지 말고 낮고 촘촘하게 쌓으라고 몇 번을 말해야 합니까!"

하대붕의 잔소리는 끝이 없었다.

진소아는 하대붕을 보며 연신 고개를 끄덕였다. 성공은 저런 사람이 하는 것이다.

"그런데……."

위 소협…… 어디에 갔지?

"날씨 조오오타~"

위연호는 처마 위에 누워 내리쬐는 햇살을 받으며 배를 두드리고 있었다.

하대붕이 괜히 얼쩡거려서 공사 방해하지 말고 이거나 먹고 있으라며 챙겨 준 건시(乾枾)를 하나 입에 물며 시원한 바람을 맞으니, 천국이 따로 없었다.

위연호의 취향은 처마 위보다는 방 안이지만, 지금 온통 난리가 난 판에 방 안에 들어박혀 있을 수가 없었다. 모든 방을 환자들을 받을 수 있도록 개조하는 과정이 한창이었으니까.

"참 세상에 쉬운 게 없어."

열심히 일을 하는 사람들을 보니 새삼 느껴지는 사실이었다. 그때, 누군가 처마 옆에 사다리를 대더니 위로 올라왔다.

"응?"

하대붕이 처마 위로 얼굴을 내밀었다.

"대충 다 되어갑니다."

"빠르네요."

"생각보다 할 건 그리 없습니다. 건물이야 이미 있는 것이고, 그놈들이 살던 곳이라 수리할 곳도 많지 않습니다. 다만, 우풍이 들어가지 않도록 바람이 새는 곳을 보수하고, 환자들이 다니게 쉽게 만드는 과정만 있으면 되니까요."

"네, 확실히요. 그런데 준비는 잘되어가고 있는 거죠?"

"물론입니다."

하대붕이 굳은 얼굴로 고개를 끄덕였다.

개장을 어떻게 하느냐에 따라 의방에 대한 시선이 바뀌기 마련이다. 악재가 여럿 있는 만큼 확실하게 신경을 써야한다.

하대붕은 주먹을 꽉 쥐었다.

지금이 그의 인생을 좌지우지할 순간이라는 것을 직감한 하대붕은 개장을 반드시 성공시키겠다는 일념에 불탔다.

"앗, 뜨거!"

뒤로 한 바퀴 데구루루 굴러서 하대붕에게서 멀어진 위연호가 볼멘소리를 내뱉었다.

"의욕이 너무 넘치면 사고를 부르는 법이죠."

"그건 조심하겠습니다. 그래서…… 제가 말씀드린 부분은 준비가 되셨습니까?"

"이제 가야죠."

위연호는 한숨을 쉬었다.

그냥 반나절이라도 좀 누워서 쉬고 싶은데, 할 일이 왜이리 많은지 모르겠다.

"그게 핵심입니다."

"알겠어요."

비척비척 자리에서 일어난 위연호가 천천히 처마 아래로 내려갔다. 그러고는 건물을 벗어나 어디론가 사라졌다.

하대붕이 그 광경을 보며 주먹을 불끈 쥐었다.

이렇듯 많은 이들의 기대와 우려를 품은 채로 성수장의 새 개장일의 날이 밝았다.

31장
게으름뱅이, 일을 벌이다

날은 따스했다.

밤사이 차갑던 공기가 거짓이었던 것처럼 해가 뜨자 따뜻한 훈풍이 불어오기 시작했다.

"흐음⋯⋯."

하대붕은 하늘에 뜬 해를 보며 양팔을 벌렸다. 오늘이야말로 그가 새로운 시작을 하는 날이다.

"그럼⋯⋯."

하대붕이 주위를 살피기 시작했다.

아침부터 잔치를 준비하느라 왁자지껄 판이 벌어지고 있었다. 오늘을 위해 고용한 찬모들은 한쪽 구석에 둘러 앉아 음식을 하기에 여념이 없고, 의방에 고용된 하인들도 다들 자리를 깔고 상을 나르며 몰려올 손님들에 대비하고 있었다.

눈코 뜰 새 없이 바쁜 와중에 보이지 않는 사람은 단 두 사람뿐이었다.

"이보게."

"예, 총관 어른."

"장주님은 어디 계시는가?"

"지금 장주실에서 의관을 정비하고 계십니다."

"그래?"

하대붕이 턱수염을 쓰다듬었다. 그러고는 다시 물었다.

"그럼 태상 장주 어르신께서는 어디 계신가?"

"……태상 장주 어르신 말입니까?"

"그러하네."

"어제 식사를 환자실에서 하셨는데, 그 이후로는 뵙지를 못했습니다."

"그래? 그 방이 어디냐?"

"저쪽입니다."

하대붕은 하인이 가리킨 방을 향해 걸어갔다. 문을 열자 아니나 다를까, 위연호가 이불을 둘둘 말고 누워 있었다.

'그러면 그렇지.'

위연호희 습성상 밥을 먹었으면 누웠을 것이고, 누웠다

면 다시 밥을 먹을 때까지는 그 자리를 벗어나지 않기 마련
이다.

"위 공자님."

"우우웅."

"태상 장주 어르신!"

"그, 그거 하지 말라니까요! 내 나이가 몇인데! 누가 들
어도 영감님 지칭하는 말 같잖아요."

위연호가 몸을 빙그르르 돌렸다.

"일단 눈곱 좀 떼고 씻으시지요. 오늘같이 좋은 날에 그
리 방 안에만 계셔도 되겠습니까."

하대붕은 빙그레 웃었다.

원래는 위연호가 장주 직을 맡으려 했지만, 하대붕의 강
력한 반대로 무산되고 말았다. 실질적인 소유주는 위연호라
고 할지라도 다른 사람들이 보기에 장주는 진소아여야 한다
는 그의 의견이 받아들여진 것이다.

장주를 하고 싶다는 위연호의 강력한 요청은 태상 장주
라는 요상한 직위를 만들어 넘겨주는 것으로 가볍게 정리되
었다.

"끄응."

위연호가 비척비척 자리에서 일어났다. 그가 아무리 게
으름뱅이라고 할지라도 오늘이 어떤 날인지는 잘 알고 있었
다.

"준비는 잘되셨지요?"

"네."

"차질이 없어야 합니다."

"그렇다니까요."

위연호가 입을 댓 발이나 내밀자 하대붕은 빙그레 웃고는 위연호를 데리고 진소아의 방을 향해 갔다.

"왜 저도 가야 하는 거죠?"

"지금 장주님은 무척이나 걱정이 많으실 겁니다. 그런데 저보다야 태상 장주님이 더 위로가 되지 않겠습니까?"

"보통 나를 아는 사람들은 내 얼굴을 보면 화딱지가 난다고 하던데요?"

"……그 말도 맞을지 모르겠네요."

장주실로 들어가자 진소아가 두 사람을 바라보았다.

"간밤에 혹시……."

하대붕이 깊은 한숨을 쉬었다.

"잠은 주무셨습니까?"

얼굴이 허옇게 질린 채로 눈 밑은 검은 음영이 턱까지 내려와 있는 진소아를 보며 하대붕은 고개를 내젓고 말았다.

"자, 자, 자, 잠은 잤습니다."

"……말을 해, 떨지 말고."

위연호는 진소아를 한심하다는 눈으로 바라보았다.

"사람이 그렇게 간이 작아서 어디에 쓰겠냐! 좀 담대할 줄도 알아야지."

"위 공자님은 너무 담대해서 탈이시죠."

뭐든 중용이 중요한 법이다.

"뭘 그리 덜덜 떨고 있어? 어차피 네가 하는 것도 없는데."

"그래도요."

진소아가 시무룩해하자 위연호가 빙긋 웃으면서 어깨를 두드려 주었다.

"걱정하지 마. 다 잘될 거다."

"위 공자님!"

위연호가 이리 다정한 사람이었을 줄이야.

"갖다 바른 돈이 얼만데…… . 잘 안 되면 네 목도 성하지는 못할 거다."

그럼 그렇지.

진소아는 위연호에 대한 기대를 접었다.

원래 이런 사람인데 뭘 더 바라겠는가.

하지만 평소와 다름이 없는 위연호를 보고 있으니 마음이 조금은 안정되는 느낌이었다.

"위 공자님은 안 떨리십니까?"

"떨릴 게 뭐가 있어? 내가 하는 게 없는데."

하대붕이 위연호에게 내린 특명은 최대한 눈에 띄지 말라는 것이었다. 그리고 그건 위연호의 특기라고 할 수 있었다.

"어차피 다시 들어갈 걸."

입을 댓 발이나 내밀고 투정을 부리는 위연호를 보며 하대붕이 빙그레 웃었다.

"그래도 혹시 모르니까요. 게다가 이렇게 장주님께서 안정을 되찾으셨으니, 제 판단이 틀린 것은 아니지요."

"제가 안정제인가요?"

"그렇게라도 쓸 수 있으면 좋은 겁니다."

능수능란하게 위연호의 말을 받아치는 하대붕을 보며 진소아는 감탄했다.

이 사람은 볼 때마다 다른 모습을 보여주는 것 같았다.

"자, 그럼……."

하대붕이 문밖을 바라보며 말을 이었다.

"좋은 날로 만들어봅시다."

잔치를 벌이자는 하대붕의 의견이 옳았다는 것이 밝혀졌다. 장원이 결코 작은 편이 아닌데도 꽉꽉 들어찬 사람들을 다 감당하지 못해서 장원 밖으로도 상을 더 깔아야 하는 일까지 벌어졌다.

하대붕은 그 광경을 보며 흐뭇하게 미소를 지었다.

"음식이 부족합니다."

"더 만들라 해라! 사람이 부족하면 아는 사람도 다 데리고 와서 일을 하라고 해! 보수는 두둑이 챙겨 준다고 하고!"

"자리도 모자랍니다."

"일단 지금 쓰지 않는 환자 방을 개방해라! 대청에도 판을 깔고, 받을 수 있는 사람은 모조리 다 받아라!"

"하지만 이대로라면 준비한 재료도 다 동이 날 텐데……."

"사! 사 와라! 사면 그만이지!"

하대붕의 대처는 발빨랐다.

진소아는 그 모습을 보며 위연호가 왜 이 사람을 총관으로 앉혔는지를 알 수 있었다. 확실히 전장에 앉아 있는 모습보다는 이런 모습이 더 잘 어울리는 사람이었다.

'정신 차리자.'

상석에 앉은 진소아는 굳은 얼굴을 보이기 위해 애를 썼다. 그에게 직접적으로 말을 걸어오는 사람은 없지만, 다들 힐끗힐끗 그를 바라보고 있다 보니 아까부터 얼굴이 따가운 느낌이었다.

"성수장의 적자라며?"

"그럼 그 아이가 벌써 저렇게 큰 건가?"

"아버지의 반만이라도 실력이 있다면 성수장의 이름을 걸 자격이 있지."

"그 가짜 성수장은 어찌 되는 건가?"

"망하겠지."

귀로 은근히 들려오는 말들에 진소아가 자신도 모르게 입꼬리를 말아 올리고 말았다.

성수장이 이 지역 사람들에게 얼마나 많은 인망을 얻었는지를 새삼 깨달을 수 있었다.

'이어가야 한다.'

그리고 가능하다면 선대를 능가하는 성세를 이루는 것이 후손 된 도리이리라. 진소아는 앞으로 더 열심히 공부하고 제대로 된 의원이 되겠다고 다짐했다.

"들어오십니다!"

그 순간, 대문에서 하인이 큰 목소리로 외쳤다.

"왔다!"

하대붕이 버선발로 대문을 향해 뛰어나갔다.

'뭐지?'

상황을 듣지 못한 진소아가 고개를 갸웃했다. 위연호와 하대붕이 뭔가를 준비한다는 말을 듣기는 했지만 그게 무엇인지 알지 못한 진소아는 고개를 빼꼼 들고는 대문을 바라보았다.

곧 문이 활짝 열리더니, 한 남자가 한 손에 커다란 부채를 든 채 안으로 들어서고 있었다. 그 뒤로 보이는 병사들을 본 진소아의 눈이 찢어질 듯 부릅떠졌다.

"서, 설마!"

하대붕이 몸을 날리듯 문을 열고는 들어서는 남자의 앞에 엎드렸다.

"태수님, 오셨습니까?"

"에헴!"

하대붕이 남자를 태수라 부르자 진소아가 입을 쩌억 벌렸다.

"태, 태수."

설마 호북성의 태수란 말인가.

평소의 진소아라면 감히 눈을 맞출 수도 없는 사람이었다. 아니, 지나가는 것만으로도 그 자리에 납작 엎드려야 할 사람이 지금 그의 의방으로 들어오고 있는 것이다.

"태수님 납시오오오오!"

태수의 수행원들이 크게 소리를 지르자 영문을 모른 채 대문 쪽을 바라보던 이들이 다들 깜짝 놀라서 그 자리에서 벌떡 일어나더니, 일제히 절을 했다.

"일어나라."

태수가 길게 자라난 수염을 쓰다듬더니, 상석에서 어쩔 줄을 몰라 하고 있는 진소아에게 다가갔다.

"흐음!"

태수가 진소아의 옆에 서더니 그의 등을 두드렸다.

"성수장이 다시 이렇게 재건되는 모습을 보니, 기쁘기 그지없구나. 네가 전대 성수장주의 아들이렷다?"

"그, 그러하옵니다."

"성수장이 재건되는 것은 매우 기쁜 일이다. 그리고 성수장이 간악한 무리들을 물리치고 그 자리에 세워지는 것 역시 좋은 일이다. 본 태수는 오늘 이 자리에서 성수장의 재건을 공식적으로 인정한다. 그리고 앞으로 새로운 성수장주가 호북성의 백성들을 위해서 애써줄 것이라 믿는다."

"여부가 있겠습니까!"

진소아는 얼떨떨했지만, 이런 상황에 무엇을 해야 하는지는 아주 잘 알고 있었다.

"와아아아아!"

생각지도 않은 태수의 등장과 성수장 재건 선포를 두 눈으로 본 사람들이 크게 환호했다. 게다가 태수의 말에 따르면 흑지주방을 물리친 이들도 성수장이라는 뜻이 아닌가!

"성수장이 정말 다시 일어섰구나."

"무한의 자랑이 돌아온 것이지."

"그게 어디 무한의 자랑인가! 호북의 자랑이지!"

태수는 진소아를 몇 번이나 치하하고서야 자리에서 일어났다. 정신을 차리지 못하는 진소아 대신 하대붕이 태수의 의도를 알아채고는 대문으로 그를 안내했다.

"공사다망하신 와중에 방문해 주신 것, 일생의 영광으로 알겠습니다, 태수님."

"크흐흠."

태수가 몇 번이나 헛기침을 하고는 사람들에게 말했다.

"성수장을 많이 찾거라. 백성들이 건강해야 나라가 건강한 법이다."

"알겠습니다!"

"걱정 마십시오, 태수님."

한 번 더 당부를 남긴 태수가 모두를 한 번 둘러보고는 대문 밖으로 걸음을 옮겼다.

태수가 나가는 것을 보고 다시 한 번 절을 한 사람들이 자리에 옹기종기 모여 앉아 대화를 나누기 시작했다.

"의방 하나 여는 데 태수님까지 오시다니! 이게 뭔 일인가!"

"어디 보통 의방인가! 성수장 아닌가!"

"하기야. 예전에는 의가하면 성수장이었지. 지금 저기 있는 가짜 성수장이 아니라 진짜 성수장 말이야!"

"그렇고말고."

사람들의 대화를 들은 진소아의 눈가가 뿌옇게 흐려졌다.

'아버님, 듣고 계십니까?'

얼굴도 기억나지 않는 아버지지만, 지금 이 순간만은 그를 내려다보고 있을 것 같았다.

"잘할게요."

진소아는 결국 고개를 떨구고 말았다.

"크흐흐흠."

대문 밖으로 나온 태수가 가마에 올랐다. 한참을 가 인적 없는 곳에 도달한 태수가 가마를 세웠다.

"잠시 다들 떨어져 있거라."

"예?"

"어서!"

태수가 역정을 내자 호위 때문에 떨어질 수 없다고 항변하려던 이들이 한쪽으로 우르르 물러났다.

"더 가란 말이다, 더!"

"예."

수행원들이 말소리가 들리지 않을 정도로 멀리 떨어지자 태수가 주위를 둘러보고는 나직하게 목소리를 냈다.

"이걸로 되었소이까?"

"네."

낮은 대답이 들려오고 태수의 앞에 한 사람이 불쑥 나타났다.

"……아이고, 힘들다."

물론 나타난 사람은 위연호였다. 위연호는 씨익 웃으며 태수를 바라보더니 박수를 쳤다.

"완벽했어요."

"그럼 약속은 지켜주시오."

"물론이죠."

위연호는 의뭉스럽게 웃었다.

"하지만 장부는 일단 제가 가지고 있을게요. 괜히 돌려드렸다가 나중에 말이 바뀌면 곤란하니까요."

"끄응."

태수는 한숨을 푹푹 내쉬더니 고개를 끄덕였다.

"그럼 그리 알고 가보겠소이다."

"네, 살펴가세요."

위연호가 손을 흔들고 장원 쪽을 향해 터덜터덜 걸어갔다.

"된통당했구만. 하필이면 어사금검을 지닌 놈에게 장부가 들어갈 줄이야."

호북성 태수의 눈이 멀어지는 위연호의 모습을 한참이나 쫓았다.

"당했어. 쯧."

태수가 돌아가고도 잔치는 한동안 계속되었다. 밤이 되고도 끝나지 않는 잔치에 진소아는 몸이 열 개라도 모자랐다.

사람들의 축하를 받고 앞으로의 포부를 밝히며 일일이 인사를 하고 다니다 보니, 자정이 다 되어서야 모든 일정이 끝이 났다.

"끄으응."

진소아는 제대로 씻지도 못하고 침상에 드러누웠다.

"으, 죽겠……."

그러고는 죽은 듯이 잠에 빠져들었다.

다음 날 아침.

"이, 이게 대체……."

진소아의 눈이 떨렸다.

"아! 밀지 말라고 했잖아!"

"줄을 서시오! 줄을!"

아침부터 총관 하대붕이 호들갑을 떨어서 겨우 잠에서 깬 진소아는 대문 앞에 늘어선 줄에 깜짝 놀랐다.

"주, 줄이 어디까지야?"

대문 앞에 늘어선 줄은 긴 대로를 가득 메우고도 모자라서 모퉁이를 지나서까지 이어져 있었다.

"후후후후."

하대붕은 그 광경을 보고 입을 크게 벌리며 웃었다.

"이제 시작입니다, 장주님."

"네?"

"장주실로 가시지요."

"아……."

진소아는 얼떨떨한 심정을 감추며 장주실로 향했다. 장주실 앞에 마련되어 있는 진료실의 푹신한 의자에 앉은 진소아가 이마에 배어 나오는 땀을 닦아냈다.

"꿈인가?"

포부는 있었다.

장사가 잘될 거라는 믿음도 있었다. 하지만 지금 대문 앞에 늘어선 줄은 그의 상상을 아득히 넘어버렸다.

"밀지 말라고 하지 않소!"

"여기 급환이오! 급환이 있소!"

"어이! 거기! 지금 끼어든 거 아니오? 어디 새치기를 해!"

줄이 길다 못해 서로 엉켜서 아비규환이 이루어지고 있었다.

"후후후후."

하대붕은 그 광경을 보다가 뒤를 돌아 크게 외쳤다.

"준비해라! 개장할 것이다!"

"예!"

문이 열리자 환자들이 우르르 몰려왔지만, 미리 하대붕이 쳐놓은 줄에 걸려서 안으로 들어오지는 못했다.

"순서대로 초진을 받고 안으로 들어올 것이오. 초진은 무료입니다!"

"와아아아아!"

보통 의원이 눈 한 번 주는데도 눈물이 쏙 빠질 만큼의 진료비가 나가는 곳이 의원이었다. 의원에 두어 번 갔다가는 집안 살림 거덜 난다는 말이 괜히 있는 것이 아니었다.

그런데 초진이 무료라 하니 좋아하지 않을 수 없었다.

대문 앞에 책상을 가져다 놓고 앉은 의원들이 들어오는 환자의 말을 토대로 환자들을 분류하기 시작했다. 딱히 높은 수준의 의술이 필요하지 않은 일이라 하대붕이 특별히 고용한 수련의들이었다.

돈을 내고 일을 배워야 하는 수련들에게 일을 시키는 대신 푼돈이라도 주겠다고 하자 서로 일을 맡겠다고 싸움이 일어날 정도였다.

유서 깊은 성수장에서 의술을 배울 수 있는데다가 돈까지 벌 수 있으니, 일석이조라는 판단이었다.

"삼진료실로 가십시오."

"이진료실로!"

"……그냥 체한 것 같은데, 집으로 가셔도 될 것 같소이다."

깔끔하게 분류된 환자들이 의녀들의 안내를 받아서 진료실로 향했다. 진료실 안에는 각 분야의 의원들이 대기하고 있다가 환자를 받았다.

이내 환자들이 웅성거리는 소리와 약 달이는 냄새가 의원을 가득 채우기 시작했다.

딱히 들어오는 사람이 없어서 문을 열고 밖을 구경하던 진소아가 눈을 연신 비볐다.

"이게 대체……."

그냥 잔치를 한 번 열었을 뿐인데 이렇게 많은 환자가 찾아오다니, 이게 대체 어찌 된 조화란 말인가.

"일단 시작은 좋은 것 같습니다."

하대붕이 진소아를 향해 다가오며 말했다. 진소아는 얼떨떨한 얼굴로 무슨 대답을 해야 할지 고심했다. 하지만 고심할 필요가 없었다. 대답은 그가 아니라 다른 사람이 했으니까.

"뭐, 예상했던 대로네요."

"응?"

진소아의 머리 위에서 대답이 들려왔다. 그런 후, 처마 위에서 뭐가 구르는 소리가 나더니, 위연호가 처마에서 아래로 떨어졌다.

"헐, 거기 계셨어요?"

"응."

위연호가 몰려드는 환자를 보더니 흐뭇하게 웃었다.

"이제 돈을 갈퀴로 긁어모으는 것만 남았죠."

"그렇습니다."

"……이게 계속될까요?"

진소아는 왜 사람들이 이리 몰리는지를 도통 이해할 수 없었기에 고개를 갸웃할 수밖에 없었다.

"후후후후, 장주님께서는 굿이나 보시고 떡이나 드시면

됩니다."

하대봉의 자신만만한 말에 진소아는 고개를 갸웃했다.

"저는 도통⋯⋯."

위연호가 한심하다는 듯이 진소아를 바라보았다.

"이래서 의원이라는 놈들은 안 된다니까."

진소아가 얼굴을 붉혔다.

"환자를 상대한다는 것들이 환자가 무슨 생각을 하는지를 모르니 먹고살기 힘들 수밖에."

"그게 무슨 말씀이십니까?"

"무한에 의원이 몇이나 있나?"

"⋯⋯에?"

진소아는 생각에 잠겼다. 그가 있던 무명 의방이 있고, 가짜 성수장이 있다.

그리고⋯⋯.

"대로에 성수장(性手場)을 빼면 의원이라고 할 수 있는 곳이 거의 없다. 있어봤자 작은 곳이지. 그러니 사람들이 대로에 있는 성수장에 몰리는 거지."

이건 과거의 성수장이 너무 거대한 의방이었기 때문이다. 무한에 사는 사람들은 굳이 성수장이 아닌 다른 의방에 갈 필요가 없었고, 자연히 다른 의방들이 생겨나지 못했다. 그러다 성수장이 망하고 새로운 의원이 들어서니 공백이 생겨 버린 것이다.

"아프면 의원에 가야 하는데, 저쪽은 초진비랍시고 돈을 받아먹으니 괜히 갔다가 별것 아닌데 돈만 버릴까 봐 끙끙 앓고 참다가 병을 키우게 되는 것이지."

"이해가 가지 않습니다. 그럼 무명 의방으로 오면 되지 않습니까."

"그 무명 의방에 돈을 낼 만한 환자가 있더냐?"

"……없었지요."

"사람들은 싼 걸 좋아하지만 반대로 너무 싸면 이 물건이 제대로 된 것인지를 의심한다. 무료로 치료를 하는데다 건물은 다 쓰러져 가고, 의원이라고 있는 것들은 어린 여자와 꼬마 놈뿐인데 누가 거길 믿고 자기 목숨을 맡기겠느냐? 빚을 내서라도 성수장(性手場)으로 가는 거지."

진소아는 혼란에 빠졌다.

그럼 그동안 자신들이 해왔던 것은 다 뭐란 말인가.

"죽어도 돈을 낼 여력이 없는 사람들만 가는 거야. 그러니 빚은 계속 불어나고, 아무리 일해도 소득이 없지."

진소아는 아연한 얼굴이 되었다.

"그런 와중에 초진비를 받지 않고 진료를 해준다고 하니 조금이라도 아팠다 싶은 사람은 모두 몰려들 수밖에 없는 거지. 그리고 약값이나 침 값을 저쪽보다 싸게만 해주면?"

하대붕이 말을 받았다.

"앞으로는 우리가 무한의 의방을 평정하게 될 것입니다."

"조금 남아 있던 의혹은 태수가 방문하는 걸로 끝난 거야. 나라에서 믿고 맡기는 의원이다 싶을 테니, 거리낄 게 없지."

"확실히."

진소아는 고개를 끄덕이다가 물었다.

"그런데 태수님은 어찌 모셔 오신 겁니까?"

"좋은 대화를 했지."

음흉스레 웃는 위연호를 보니 가슴이 덜컥 내려앉았다.

"혀, 협박입니까?"

"협박은 무슨! 나는 그저 흑지주방에 있던 상납금 장부를 보여줬을 뿐이다."

"협박이구만!"

진소아가 버럭 소리를 질렀다.

그게 협박이지!

"어허! 이건 거래라고 하는 것이다."

위연호가 품 안에서 장부를 꺼내 살랑살랑 흔들었다.

사실 태수쯤 되는 사람이 상납급을 받아먹는 것이 뭐 그리 대단한 일일 수는 없었다. 증거를 발견한다고 해도 처벌이 불가능할 테니까.

태수의 집에 잠입하여 장부를 내미는 위연호를 보고도

태수는 코웃음을 쳤다.

하지만 이어 위연호가 내민 어사금검을 보고는 안색이 시퍼렇게 질려 버렸다.

어사대가 어떤 곳인가.

죄를 짓거나 부정을 저지르는 관리들을 찾아내 벌하는 곳이다. 그냥 어사대의 권한도 막강하기 그지없는데, 이왕 야가 어사대부의 관직에 오르면서 그 힘이 두 배는 강해졌다.

그런데 그냥 어사도 아니고, 어사금검을 소유한 어사?

이건 견적이 나오지 않는 이야기였다.

덕분에 호북성 태수는 위연호가 시키는 대로 순순히 성 수장을 방문할 수밖에 없었다.

"추가로 흑지주방에서 얻은 재물을 마음대로 써도 좋다는 공식적인 입장까지 받아냈지."

악마다.

이 인간은 악마야!

세상에 어느 미친놈이 태수를 협박할 생각을 한단 말인가.

"하지만 사람들이 한 번 왔다 가면 그 이후로 여길 다시 찾을까요?"

"쯧쯧."

위연호는 한심하다는 듯이 진소아를 바라보았다.

누대를 이어온 성수장의 위명과 저렴한 진료비, 그리고 태수의 비호까지.

사람들이 찾지 않을 이유는 하나도 없었다. 거기다 초기 자본의 막대한 투자로 실력 좋은 의원들을 엄선해 배치했으니, 돈이 벌리지 않으려야 벌리지 않을 수 없었다.

"돈이야 벌린다. 돈은 벌리는데……."

위연호의 눈이 불타올랐다.

"문제는 투자금을 회수할 수 있는가지!"

"예?"

"돈이야 벌리지만, 때려 박은 돈도 만만치 않다."

"엄청 들어갔습죠."

하대붕도 고개를 끄덕였다.

처음에야 최소로 투자하려고 했지만, 이리저리 따지다 보니 생각보다 더 많은 돈이 들어갔다. 그나마 장원이라도 무료로 구할 수 있었으니 다행이었다.

"그러니 너는 반드시 이 투자금을 회수해야 한다."

"……제가 말입니까?"

"그래! 너! 네가 회수해야 한다!"

위연호가 선언했다.

"이제는 잠잘 시간도 없다! 내가 확실히 너를 호북 최고의 의원으로 만들어줄 테니, 개처럼 일하는 거다! 개처럼!"

순간, 뭔가 단단히 잘못되었다는 것을 직감하는 진소아였다.

"……어떻게 오셨소이까?"

"의원님, 속이 영 더부룩한 것이…… 어제부터 안에 돌덩이라도 들어앉은 듯 갑갑합니다요."

진맥을 마친 진소아가 처방전을 쓰기 시작했다.

"급체는 아닌 것 같고, 소화가 잘 안 되는 것 같구려. 위를 보호하는 약을 처방해 드릴 테니, 가서 일주일을 드시지요."

"감사합니다. 침은 안 맞아도 되는 것입니까?"

"굳이 침까지는 필요하지 않소이다. 그래도 맞으실 거라면 추가 비용이 드는데, 괜찮으시겠소?"

"예! 괜찮고 말구요!"

"……침방으로 안내해 드리게."

의녀가 환자를 침구실로 데려가자 진소아가 침통을 들고 가 누워 있는 환자에게 침을 놓고 진료실로 돌아왔다.

진료실에는 이미 다른 환자가 들어와 앉아 있었다.

"……이보시오."

"예, 의원님?"

"밖에 아직 줄이 많소?"

"아이고, 의원님! 줄이 대문 밖까지 이어져 있습니다.

저는 세 시진이나 기다렸습니다."

"그렇구려."

진소아는 허탈한 한숨을 내쉬었다.

'이, 이렇게 살아야 한다는 것인가?'

특진료실에 사람이 몰리기 시작하면서부터는 눈코 뜰 새가 없었다.

무명 의방에서는 바쁘기는 했지만 이런 식의 바쁨이 아니었다. 의원이 적었기에 입원해 있는 환자들을 관리하고 치료하는 시간이 모자랐을 뿐이다.

하지만 이곳에서는 몰려드는 환자들을 쳐내기도 바빴다.

"끄으응."

진소아가 앓는 소리를 한 번 내고는 다시 환자들을 보기 시작했다.

처마 위에서 그 광경을 지켜보던 위연호가 고개를 끄덕였다.

"돈은 좀 벌리겠네요."

"후후후."

하대붕이 너털웃음을 터뜨렸다.

"이제 시작입니다."

"그렇죠."

위연호는 새삼 하대붕을 고용하기를 잘했다고 생각할 수밖에 없었다.

"그런데 진짜 대단하네요."

"별말씀을요."

아무리 위연호가 태수를 데리고 왔다지만, 그것만으로 이만큼 장사가 잘될 리가 없었다. 모든 것은 하대붕의 계획이 정확히 들어맞았기 때문에 벌어진 일인 것이다.

"장사치의 입장에서 보면 의원들은 다들 멍청이들이죠."

하대붕이 비릿한 미소를 머금었다.

하대붕은 의원들이 가지고 있는 맹점을 정확하게 찔렀다. 진소아도 그렇고, 의원이라는 것들은 하나같이 자신의 의술을 높이는 데에만 혈안이 되어 있다.

의술이 높으면 자연히 환자가 찾아올 것이라는 믿음 때문이다.

하지만 대부분의 환자들은 의술이 높은 신의를 원하는 것이 아니라 그저 믿을 만한 의원을 찾기 마련이다.

의술이 높은 신의에게 자신의 몸을 맡길 수 있다면 좋겠지만, 그렇게 되면 당연히 돈이 많이 들 수밖에 없고, 대부분의 환자들은 의원에 돈을 펑펑 쓸 수 있을 만큼 돈이 많지 못하다.

그러니 적당히 믿을 만하다는 인식과 저렴한 진료비를 내세우면 환자가 모일 수밖에 없는 것이다.

의원을 사람을 치료하는 성스러운 곳이 아니라, 사업으

로 볼 수 있는 하대붕의 시선이 승리한 것이다.

"이제 안정화만 되면 되겠네요."

"별다른 일이야 있겠습니까? 제가 최선을 다하겠습니다."

"글쎄요, 모르죠. 혹시 오늘 밤이라도 강도가 들지."

"하하하, 설마요."

위연호는 빙그레 웃었다.

"왜 오늘따라 환자가 하나도 없는 것이냐!"

성수장(性手場)의 장주인 우명은 텅 비어버린 마당을 보며 역정을 냈다.

진료를 시작한 지 벌써 한 시진도 넘었는데, 손님이 하나도 없는 일은 개원 이래 처음이었다.

"그, 그것이……."

역정을 받은 의원 하나가 움찔하여 입을 열었다.

"저 건너편에 새로운 의원 하나가 개업을 했습니다. 오늘이 개업일이라 다들 그쪽으로 몰려갔다고……."

"뭐라?"

우명의 얼굴에 핏대가 솟았다.

"새 의원이 개업을 했다고? 그걸 그냥 지켜보고 있었단 말이더냐!"

"워낙 눈 깜짝할 새에 벌어진 일이라……."

"이 멍청한 놈들!"

우명이 앓는 소리를 냈다.

"그렇다 하더라도 환자가 모두 거기로 몰려가다니! 이게 말이 되는 소리냐?"

"새로 연 의원이 성수장(聖手場)이라 합니다."

"성수장(聖手場)?"

우명이 아차하고는 중얼거렸다.

"성수장주가 없는데 성수장이라니, 이게 대체 무슨 일이란 말이냐?"

"그 성수장의 어린 아들놈이 의원을 차렸다고 합니다."

"끄으으응."

우명이 손을 휘저었다.

"냉수! 일단 냉수부터 한잔 가져오너라!"

"예!"

하인이 날라 온 시원한 냉수를 들이켠 우명이 마루에 걸터앉았다.

"성수장이라니……."

자신들 역시 교묘하게 성수장(性手場)이라는 이름을 쓰고 있기는 하지만, 진짜가 돌아왔다면 사람들이 그곳으로 몰릴 만도 했다.

"이래서 확실하게 밟으라고 한 것이건만!"

성수장주를 도박에 빠뜨리고 성수장을 망하게 한 이후로

모든 것이 잘 풀리고 있었건만, 이런 식으로 문제가 커질 줄이야.

"어떻게 합니까?"

"어떻게 하긴."

자신들이 무슨 수를 쓴다고 하더라도 진짜와 가짜가 대결이 될 리가 없었다. 게다가 그동안의 독점적인 지위를 이용하여 원성을 꽤나 많이 산 상황이니, 같은 값이라도 진짜 성수장을 찾는 이들이 훨씬 많을 것이다.

"공자께서 맡기고 가신 일이다. 공자께서 자리를 비웠을 때 일이 벌어진다면 모든 것이 내 책임이 될 수밖에 없다."

"하지만 방법이 없지 않습니까? 미리 알았더라면 어떻게 돈을 주어서라도 막아보았겠지만, 지금은 그것도 불가능합니다."

"흐음, 안타까운 일이다."

"……예?"

"겨우 다시 일어선 성수장의 어린 의원 놈이 간밤에 든 강도에 비명횡사하다니, 이게 얼마나 안타까운 일이냐. 장례에 부조는 두둑하게 하도록 하거라."

의원이 고개를 숙이고는 대답했다.

"횡액을 당한 이들이 섭섭지 않도록 하겠습니다."

"그래, 그래야 사람이 아니겠느냐."

우명이 빙그레 웃었다.

"아이고, 죽겠다."
진소아가 침상에 대자로 드러누웠다.
"아이고, 진짜 죽겠다."
오늘 하루 본 환자가 백은 족히 넘을 것 같았다. 환자를
내보내기가 무섭게 들이닥치는 것도 아니고, 한 환자를 보
고 있는데 미리 다음에 볼 환자가 들어와 대기하고 있는 것
을 보자니, 심장이 덜컥거리고 전신에 식은땀이 날 지경이
었다.
"수고하셨습니다, 장주님."
하대붕은 뭐가 그리 기분이 좋은지 연신 미소를 띠고 있
었다.
"……내일도 이만큼 사람이 몰려옵니까?"
"오늘 시간이 너무 늦어서 진료를 받지 못하고 간 사람
이 족히 백은 될 겁니다. 아침부터 다시 몰려올 것이니, 미
리미리 쉬어두셔야죠."
"아이고."
진소아의 눈이 돌아갔다.
"이 짓을 계속해야 한다구요?"
"한 보름쯤 지나면 사람이 좀 빠지기는 할 것입니다. 지
금이야 명성 때문에 그리 아프지 않은 환자들도 몰려오는

것일 테지만, 나중에야 그런 환자들이 좀 줄어들지 않겠습니까?"

"의, 의원은 원래 이런 것입니까? 내가 아는 의원들은 좀 더 느긋했던 것 같은데……."

"배가 부른 거지요."

하대붕의 냉정한 말에 진소아가 몸을 부르르 떨었다.

"그, 그래도 보름만 지나면 일이 좀 수월해진다, 이 말씀이시군요."

"그렇지는 않습니다."

"어째서요?"

"환자가 줄어들면 의원도 줄여야지요. 모든 사업의 기본은 투자와 절약입니다. 투자할 것은 모두 했으니, 환자가 빠지면 의원을 줄여 인건비를 줄여야 합니다. 결론적으로 장주님이 보아야 할 환자는 줄어들지 않을 겁니다."

귀를 파고드는 하대붕의 말이 진소아의 심장을 움켜쥐었다.

"끄윽."

반쯤 졸도하며 누워버린 진소아를 보며 하대붕은 빙긋 미소를 짓고는 밖으로 나왔다.

"생각 이상으로 환자가 몰려드는군."

그가 짠 사업 계획이기는 하지만 호응이 그의 예상 이상이었다. 그만큼이나 제대로 된 진료를 받지 못한 사람이 많다는 뜻이었다.

이대로 가면 좋기야 하겠지만, 지금 당장 의원들이 과부하에 걸릴 수 있었다.

"거, 누구 없느냐."

"예, 총관 어른!"

"약관에 전하여 의원들이 먹을 보약을 제조하라고 하라. 재료를 아낌없이 때려 박으라고 해."

"알겠습니다."

"쓰러지면 안 되지."

하대붕은 낄낄 웃었다.

하나하나가 돈을 벌어다 주는 금덩이나 다름없는 사람들이다. 그런 양반들이 돈도 못 벌고 쓰러지는 꼴은 절대 볼 수 없었다.

어떻게든 쥐어짜 내어…….

"웬 놈들이냐!"

"응?"

소리가 들려온 쪽으로 고개를 돌리자 검은 야행복을 입은 일련의 무리들이 담을 뛰어넘어 안으로 들어오는 것이 보였다. 한 손에 칼을 꼬나 쥐고 야행복을 입은 꼬락서니가, 결코 좋은 의도로 담을 넘고 있는 것은 아니라는 걸 말해주고 있었다.

"끄으으응…….."

그 광경을 본 하대붕이 한숨을 푹 내쉬고는 소매 안에서 전낭을 꺼냈다.

"한 냥."

"끄으으응."

하대붕이 전낭을 열고 은자 한 냥을 꺼내 처마 위로 던졌다.

텁.

처마 밖으로 손이 뻗어 나오더니, 반짝이는 은자를 움켜잡았다.

"거 봐요, 오늘 온다니까."

"끄응, 적어도 삼 일은 걸릴 줄 알았습니다만, 성질이 급해도 너무 급하군요."

지피지기면 백전불태라는 말도 모르는가. 상대를 습격하려면 적어도 상대에 대한 조사는 해야지!

일단 닥치고 공격을 외치는 장수치고 성공한 장수가 누가 있었단 말인가.

"끄으응."

보통은 침입을 한다고 해도 사람들이 잠에 든 다음에 은밀히 침입하거나 습격을 하는 것이 아닌가. 마당에 사람들이 아직 돌아다니고 있는데 대놓고 담을 넘는 걸 보니, 얼마나 마음이 급한지 알 것 같았다.

그도 아니면 오늘 이 안에 있는 사람들을 단 하나도 살려

두지 않을 생각이든가.

"예측하셨으니 대비도 하셨겠죠?"

위연호가 처마에서 뛰어내렸다.

"후후후후."

고개를 살짝 숙인 위연호가 웃기 시작했다.

"감히 내 돈줄에 손을 대려고 하다니!"

위연호가 눈에서 불을 뿜었다.

이게 대체 얼마를 투자한 사업인데 시작하는 날부터 초를 치려고 한단 말인가.

"저놈들은 금화장 사건도 못 들었나?"

하대붕은 고개를 절레절레 저었다.

마당을 넘은 이들이 하대붕과 위연호가 서 있는 꼴을 보더니 음산하게 입을 열었다.

"후후후, 오늘 안타까……."

그 순간, 위연호가 빗자루를 꼬나 쥐고 복면인들에게 달려들었다.

"아, 잠깐만! 말할 틈은 줘야!"

그런 거 없다.

"어이쿠."

하대붕이 혀를 찼다.

저기 하늘 위에 날아가는 게 새라면 참 아름다운 광경이었겠지만, 그게 아니라 사람이라면 참 안타까운 광경이 아닐 수 없었다.

날개 없는 인간이 하늘을 날게 하는 이적을 선보인 위연호가 이번에는 굴렁쇠도 아닌 인간을 바닥에서 가공할 속도로 구르게 하는 이적을 선보이고 있었다.

"끄아아아아악!"

소리 좋고.

하대붕은 바닥을 마구 구르고, 하늘로 뛰어오르고, 벽으로 연신 들이박는 인간들의 향연을 보면서 과연 인간이란 무엇인가를 고찰할 수밖에 없었다.

"……그러게 정보는 수집하고 왔어야지."

위연호가 혼자서 흑지주방을 때려잡았다는 사실을 알았더라면 감히 위연호가 있는 성수장의 담을 넘을 생각은 하지 않았을 것이다.

"에, 뭐, 하기야."

그게 조사한다고 나오는 일도 아니지.

위연호가 금화장에서 난동을 피웠다는 것은 금화장 난동 사건이라 불리며 호북의 유명한 일화가 되었지만, 흑지주방이 무너진 것을 직접 본 사람이 없기에 위연호가 한 짓이라고 알려지지 않았다.

그러니 어쩌면 필연적인 일이었다.

다만, 하루도 참지 못하고 오늘 담을 넘어와 피 같은 하대붕의 은자 한 냥이 날아갔다는 사실이 가슴 아플 뿐이었다.

"꺅!"

괴이한 비명과 함께 마지막 야행인이 쓰러지자 하대붕이 고개를 저으며 위연호를 향해 다가갔다.

"……고생하셨습니다."

"감히 어딜!"

분노에 찬 위연호를 보자 뭔가 슬픈 마음이 든다. 평소에는 꿈지럭거리는 것도 싫어하던 양반이 돈이 걸린 문제에서는 이리 빠릿한 것을 보니, 정말 인간이란 무엇인가에 대해 고민할 수밖에 없었다.

"으으으……."

위연호는 가장 앞에 빼놓은 야행인의 머리를 잡아 당겼다.

"아야야야! 머리, 머리!"

"어? 이거, 복면이 안 벗겨지는데?"

"머리! 머리! 머리 잡혔다고, 아야야!"

"어, 잘 안 되는데?"

"내가 벗는다! 내가 벗는다고!"

"……왜 승질을 내고 그래요."

살짝 삐친 위연호가 뒤로 물러나자 복면인이 복면을 잡아 벗더니 바닥에 내팽개쳤다.

"다시 보네요?"

"……날 아시오?"

"저번에 한 번 뵌 적 있죠, 성수장주(性手場主)님."

"끄응."

성수장주 우명은 다 틀렸다는 생각에 털썩 바닥에 주저앉았다. 이 괴물 같은 놈은 그가 고심해서 키워온 무인들은 일다경도 되지 않아 모두 바닥을 기게 만들어놓았다.

아까 하늘 위로 올라가 달을 보고 온 녀석은 앞으로 제 발로 걸을 수 있을지조차 걱정이다.

"우리는……."

"아, 됐어요."

위연호가 하품을 늘어지게 하더니 손을 내저었다.

"뭔 사정인지, 누구 때문에 왔는지 별로 궁금하지도 않아요."

"그래도 이건 말하는 게 순린데……."

"됐구요. 관아에 연락해 놨으니 가서 조사 받으시죠. 그건 관아에서 할 일이지, 내가 할 일이 아니니까요."

꿀 먹은 벙어리가 된 우명을 하인들이 동아줄로 친친 묶었다.

"이걸로 대충 정리가 끝났네요."

"고생하셨습니다."

하대봉과 위연호가 마주 보고 웃었다. 이제 남은 것은 호북에 있는 돈을 모조리 쓸어 담는 것뿐이었다.

"그런데 이 난리가 났는데도 안 일어나네?"

"⋯⋯태상장주님을 닮아가는 것이겠죠."

위연호는 굳건히 닫힌 채 열리지 않는 장주실의 문을 보며 혀를 찼다.

진소아는 아무것도 모른 채 깊은 꿈에 잠겨 있었다.

32장

게으름뱅이, 길을 제시하다

"아이고, 삭신이야."

진소아는 밥이고 뭐고 축 늘어졌다.

찹찹찹찹.

"꿀맛이네!"

"……."

눈앞에 저 인간만 없어도 입맛이 조금 살아날 것 같은데.

대체 왜 수많은 방들을 놔두고 진소아의 방에서 겸상을 하는지 알 수 없는 인간이었다.

"안 먹어?"

진소아의 앞에 놓인 커다란 산적을 집어 입으로 가져가

는 위연호에게 눈을 부라렸다.

"피곤해 죽는 사람을 앞에 두고 밥이 넘어가십니까?"

"꿀맛!"

"끄으으응."

진소아가 팔다리를 주물렀다.

"이러다 제가 먼저 환자가 되겠습니다. 요즘은 공부할 시간도 없다구요."

"게을러서 그런 거야, 게을러서."

"헐."

진소아는 자신의 귀를 매만졌다.

내가 잘못 들었나?

살다 살다 위연호에게 게으르다는 말을 듣는 날이 올 것이라고는 상상도 하지 못했다.

뭐 묻은 개가 뭐 묻은 개 나무란다더니…….

아니, 이건 뭐 묻은 개에 대한 모욕이다.

세상 모든 사람이 게으름에 대해 논할 수 있다고 해도 위연호만큼은 그런 말을 해서는 안 된다.

진소아가 부들부들 떨다가 소리쳤다.

"다른 사람은 몰라도 위 공자가 그런 말씀을 하시면 안 되지요! 제가 게으르다니요!"

"왜 나는 하면 안 돼?"

"위 공자는 천하제일 게으름뱅이 아닙니까!"

"그러니 게으른 사람에 대해 잘 알지."

"……어?"

듣고 보니 맞는 말 같기도 하고?

"밥도 먹어본 사람도 잘 아는 거고, 술도 먹어본 사람이 아는 법이지. 그리고 게으름도 피워본 사람이 잘 아는 거야."

진소아는 자신도 모르게 고개를 끄덕이고 말았다. 뭔가 설득력이 굉장하다.

"여하튼 정말 힘듭니다. 이렇게 해서 제가 정말 의원으로 발전할 수 있습니까?"

"그럼."

위연호는 밥을 입에 쑤셔 넣으며 말했다.

"신의라는 사람들을 보통 다들 나이가 지긋하기 마련이지. 너는 나이 어린 명의를 본 적 있느냐?"

"없죠."

"세상에는 많은 신동이 있지만, 의술에는 신동이 없다. 의서를 봐서 명의가 될 수 있다면, 어린 나이에도 신의가 나와야 하는 법이지."

"일단 드시던 걸 마저 드시고 말씀을 하시는 게……."

얼굴을 일그러뜨리고 말하는 진소아를 보며 위연호가 혀를 찼다.

"왜냐면 의술이라는 것은 환자를 보면서 발전하는 것이

기 때문이다! 너는 누구보다 많은 환자를 보고 있으니, 누구보다 더 발전할 수 있다."

"오오!"

진소아가 크게 고개를 끄덕이고는 말했다.

"그것참 굉장한 그럴싸한 거짓말이네요."

"티 났나?"

"예."

"진짠데."

"……이렇게 믿음이 안 가는 사람을 다시 보기도 힘들겠네요."

퉁명스레 말한 진소아가 밥을 입에 떠 넣었다. 입맛은 없지만, 먹지 않으면 오후 진료를 버티기가 힘들 것이다.

"그런데 어젯밤에는 무슨 일이 있던 겁니까?"

"아무 일 없었다."

날이 밝기가 무섭게 성수장(性手場)의 인원들은 관아에 끌려갔다. 위연호가 엄포를 놓아뒀으니 아마도 오늘내일 성수장(性手場)은 반쯤 박살이 날 것이다.

'그러면 무혈입성이지.'

그나마 상대가 되던 의원 하나가 박살이 날 것이니, 앞으로 성수장은 호북 유일의 대형 의방으로서 입지를 공고히 할 것이 분명했다.

"아흠."

밥을 다 먹은 위연호가 그 자리에 드러누웠다.

"이제는 굿이나 보고 떡이나 먹으면 되지."

성수장과 관련하여 위연호가 해야 할 일들은 다 끝난 것이나 다름없었다. 이제는 하고 싶어도 할 일이 없다.

모든 문제가 해결되었다고 생각한 위연호는 편한 마음으로 쉴 수 있었다.

아니, 쉴 수 있다고 생각했다.

"장주 나오라고 하시오."

"소저, 여기서 이러시면 곤란합니다."

"제 말을 듣지 못하셨습니까? 당장 장주 나오라고 하십시오."

하인들은 안절부절못했다.

대문에서 웬 여인이 장주를 찾고 있었다. 평소에 이런 일이 벌어진다면 당장 치도곤을 내 쫓아내겠지만, 그 여인이 본인을 장주의 누이라고 하고 있지 않은가.

만에 하나라도 그 말이 사실일 경우에는 함부로 대했다가 뒷일을 감당하지 못하리라. 결국은 끙끙대면서 장주에게 연락을 넣어보는 방법밖에는 선택할 수 있는 것이 없었다.

"지금 바로 장주님께 말씀을 드리겠습니다. 이곳은 환자

가 있는 곳입니다. 자꾸 이렇게 소리를 지르시면 환자들이
놀랍니다."

환자라는 말에 여인이 움찔하더니 고개를 끄덕였다.

환자들에게 피해가 갈 수 있다는 말이 그녀를 움직인 것
같았다.

"그렇다면 여기에서 기다리고 있을 테니, 한시라도 빨리
장주를 불러주기를 바랍니다."

"예. 기다리시지요."

하인은 여인을 세워두고 부리나케 안으로 뛰어 들어갔
다.

사실이 아닐 시에는 반드시 치도곤을 내고 말겠다는 생
각이었지만, 웬 여인이 누이라고 주장하며 대문에서 장주님
을 찾는다는 말의 파급력은 엄청났다.

진료실에서 결코 벗어나지 않던 장주를 버선발로 대문으
로 뛰어가게 만든 것이다.

"누, 누님!"

대문에서 그를 기다리고 있는 진예란을 발견한 진소아가
깜짝 놀라서 소리쳤다.

"이리 오너라."

진예란은 굳은 얼굴로 진소아를 불렀다.

"아, 안으로 드시지요."

"내가 이 안으로 들어가란 말이냐?"

진예란의 서슬 퍼런 목소리에 진소아가 이러지도 저러지도 못하고 우물쭈물했다.

그런 그를 구한 것은 등 뒤에서 들려온, 낮은 목소리였다.

"환자들이 이리 많은데 그 앞에서 집안싸움이라도 하시려구요?"

어기적어기적 다가오며 위연호가 한 말에 진예란이 굳은 얼굴로 주위를 둘러보았다. 환자들의 줄이 길다. 어떤 말을 한다고 해도 그들 앞에서 한다는 것은 성수장의 치부가 될 것이다.

"안으로 드시지요, 누님."

"으음……"

진예란이 고개를 끄덕이며 진소아의 뒤를 따랐다.

자연히 위연호가 서 있는 곳을 지나게 되었지만, 스쳐 가면서도 위연호에게는 눈길 한 번 주지 않았다.

"찬바람이 쌩쌩 부네."

위연호는 싱긋 웃으며 둘을 따라 장주실로 들어갔다.

장주실로 들어선 진소아는 상석을 진예란에게 권했다.

"앉으시지요, 누님."

하지만 진예란은 상석에는 눈도 주지 않고 옆자리에 앉았다. 터덜터덜 걸어 들어온 위연호가 건너편에 앉자 진소아가 앉을 자리를 찾지 못해 두리번거렸다.

"뭐해? 니 자리에 앉아."

"……."

진소아가 부담스러운 눈으로 상석을 바라보다가 어쩔 수 없다는 듯 상석에 앉았다.

"이게 다 무슨 일이냐?"

진소아는 설명을 하기 난감했다. 너무 묻는 것이 광범위하다. 대체 어디부터 설명을 시작해야 할지 감을 잡을 수가 없었다.

"우선은 그……."

"당장 그만두고 돌아오너라."

"예?"

"의술은 인술이다. 장사치들이 하는 일이 아니다! 그런데 너는 지금 의술로 장사를 하고 있구나."

진소아가 미묘한 얼굴로 진예란을 바라보았다.

"의원은 사람도 아닙니까?"

"뭐라 했느냐?"

진소아가 울컥하여 한 말에 진예란이 살짝 놀란 얼굴로 바라보았다.

"의원은 사람도 아니냐 했습니다. 남들은 다 돈을 벌고 명성을 날려 입신양명하려 하는데, 왜 의원은 매번 풀죽이나 먹으면서 가난하게 살아야 합니까?"

"네가 선대의 가르침을 잊었느냐!"

"누님!"

진소아가 굳은 얼굴로 말했다.

"그 선대는 고래등 같은 집에서 살았습니다. 저기 성수장의 건물이 그대로 있는데 다른 말은 마십시오. 입으로 의술을 베풀라는 말은 누구나 할 수 있습니다. 하지만 선대 역시도 의술로 돈을 벌어 편히 산 것 아닙니까!"

"의술을 베풀다 보니 자연히 따라온 것이다. 의술로 돈을 벌고자 하여 번 돈이 아닌 것을 왜 모르느냐!"

"모르는 것은 누님입니다!"

진예란은 확고한 눈으로 자신을 바라보는 진소아의 태도에 깜짝 놀라고 말았다.

'언제부터 이 아이가⋯⋯.'

항상 어리다고 생각한 진소아가 눈을 똑바로 뜨고 자신의 의견을 말하고 있는 것이 건방지게 느껴졌지만, 한편으로는 대견하다는 기분도 들었다.

자신의 의견이 생겼다는 것은 매우 좋은 일이다. 문제는 그 의견이라는 것이 진예란이 생각하는 방향과는 너무 다르다는 것에 있었다.

"의술은 인술이다."

"인술이라는 것을 부정하는 것이 아닙니다. 하지만 인술을 베풀기 위해서 의원이 굶어야 한다면 누가 인술을 베풀려고 하겠습니까? 선대의 길을 제대로 가지 못하고 있는 것은 제가 아니라 누님입니다."

"……."

진예란이 입술을 꼭 깨물었다.

성수장이라는 이름을 이어받기에 한 점 부족함이 없는, 훌륭한 의원으로 키우고자 했건만, 결국 진소아는 장사치의 길을 택하고 말았다.

"지금의 너를 보면 돌아가신 아버님께서 어떻게 생각하겠느냐?"

진소아는 물러서지 않았다.

"아버님은 도박을 해서까지 성수장을 살리고 싶어하셨습니다. 성수장의 영화가 돈과 관련이 없다면 왜 그런 길을 택하셨겠습니까? 아버님도 아셨던 겁니다. 돈이 없다면 성수장의 이름을 떨치는 것은 불가능하다는 것을 말입니다. 왜 그걸 누님만 모르십니까."

"그랬기에 망했다고 생각하지 않느냐? 의원 본연의 길에서 멀어졌기에 성수장의 이름이 이어지지 못한 것이다. 그러니 지금이라도 다시 의원의 길을 걸어야 할 것이 아니냐."

"그만하십시오."

진소아는 자리에서 벌떡 일어났다.

"저도 지금 제가 하고 있는 일이 왕도라고 생각하지는 않습니다. 반드시 옳은 길을 가고 있다는 오만도, 독선도 없습니다. 하지만 누님이 원하는 대로 해서는 평생을 가도 성수장의 이름을 세상에 다시 떨칠 수 없다는 것 역시 알고 있습니다. 보십시오. 우리가 몇 년을 고생하고도 망했다는 소리만 듣던 성수장이 단 며칠 만에 다시 호북 전체에 그 이름을 떨치고 있습니다."

"소아야!"

"저는 누님이 하라는 대로 하는 사람이 아닙니다. 누님은 누님의 길을 가십시오. 저는 제 방식으로 성수장이 죽지 않았음을 세상에 알리겠습니다."

"네 정녕 내 말을 거역하겠다는 것이냐?"

진소아가 가라앉은 눈으로 진예란에게 말했다.

"거역이 아닙니다, 누님."

"……."

"거역이 아니라 자신의 뜻을 세운 것입니다. 누님이 아무리 제 누님이라 하셔도 저는 성수장의 적자입니다. 성수장의 이름을 쓸 권리와 성수장의 방향을 정할 권리는 오직 제게 있는 것입니다."

진예란의 눈가가 파르르 떨렸다.

지금 진소아는 그녀에게서의 독립을 선언하고 있었다.

언제고 그가 그녀의 품을 벗어나서 세상을 향해 날개를 펼칠 날이 올 것이라고 생각했지만, 그것이 이런 시기에 이런 방법으로 이루어질 것이라고는 꿈도 꿔본 적이 없었다.

"저는 온전한 성수장주로서 앞으로 성수장을 중원 최고의 의원으로 만들 것입니다. 그러니 누님은 더 이상 저를 방해하지 마십시오."

진소아는 거기까지 말을 하고는 뚜벅뚜벅 걸어 장주실을 나가 버렸다.

"소아야!"

진예란이 그를 불렀지만, 진소아는 뒤도 돌아보지 않고 밖으로 나갔다.

한동안 진소아가 나간 문을 멍하니 바라보고 있던 진예란이 원독의 찬 눈으로 고개를 돌려 위연호를 노려보았다.

"아, 왜?"

뜬금없이 눈빛 공격을 당하기 시작한 위연호가 움찔하여 의자에 몸을 파묻었다.

"이게 다 소협 때문입니다!"

"헐."

"소아를 바른길로 이끌어 달라고 했더니, 그 결과가 이것입니까! 내가 죽는 한이 있더라도 당신을 용서하지 않을 것입니다. 절대로!"

"헐."

진예란이 벌떡 자리에서 일어나더니 밖으로 뛰어 나갔다. 그 광경을 보던 위연호는 한숨을 푹 내쉬었다.

"고래 싸움에 새우 등 터진다더니."

물론 위연호의 경우는 고래가 격하게 움직여서가 아니라 고래가 빤히 오는 걸 보면서도 움직이기 귀찮아서 끼어 죽는 경우겠지만.

위연호는 의자에서 일어나기 싫은 감정을 억누르며 비척비척 자리에서 일어났다.

"끄응."

앓느니 죽지.

*　　*　　*

쪼르르륵.

어둠이 내려앉은 밤. 진예란은 홀로 잔에 술을 채웠다. 평소 술을 즐기지는 않지만, 이런 밤에는 술을 먹지 않고서는 정신을 차릴 수가 없었다.

잔에 가득 담긴 차가운 술을 보며 진예란은 깊은 한숨을 내쉬었다.

"……와, 그림 되네."

위연호는 달밤에 홀로 술잔을 기울이고 있는 진예란을 보며 자신도 모르게 고개를 끄덕였다.

월하가인이라······.

타인에 대해서는 거의 관심이 없다고 할 수 있는 위연호로서도 저 광경만은 아름답다고 인정하지 않을 수 없었다.

하지만 지금은 그 아름다움에 감탄하고 있을 때가 아니었다.

"혼자 술 먹으면 속 버려요."

위연호는 터덜터덜 걸어 진예란의 건너편에 앉았다. 슬쩍 위연호를 흘겨본 진예란이지만, 위연호가 앉는 것을 막지는 않았다.

"한잔 줄래요?"

위연호가 두리번거리며 잔을 찾자 진예란이 말없이 옆에 있던 잔을 내밀었다.

쪼르르륵.

위연호가 잔을 받자 진예란이 술을 들어 채워주었다.

"독작은 독인 법이죠."

"지금은 당신의 얼굴을 보고 있는 게 더 독이 아닐까요?"

"흐음, 그럼 누울까요? 얼굴이 안 보일 텐데."

"위 공자다운 해결책이군요."

진예란이 고개를 푹 숙였다.

"죄송합니다."

"네?"

"위 공자가 제게 해주신 것이 적지 않다는 것을 알면서도 순간의 화를 참지 못하고 그런 말을 내뱉고 말았어요. 사과를 해야 한다고 생각하면서도 염치가 없어서 찾아뵙지 못했네요."

"신경 쓰지 마세요."

"어떻게 신경을 쓰지 않을 수가 있겠어요."

진예란은 조금은 멍한 눈으로 이지혁을 바라보았다. 취기가 올라 살짝 달아오른 얼굴이 그녀의 아름다움을 더 빛내주고 있었다.

"쉽지가 않네요."

"뭐가요?"

진예란은 잠시 고민하는 듯하더니 말을 이었다.

"선대의 가르침을 따라가는 것도 버겁지만, 정말 어려운 것은 소아의 말도 틀리지 않다는 것을 아는 제 자신이에요. 어쩌면 저는 떼를 쓰고 있었는지도 몰라요."

"음……."

"아뇨. 분명 떼를 쓰고 있었겠죠. 의원은 이래야 한다며 소아에게 제가 생각하는 이상적인 의원의 길을 강요하고 있었어요. 사실 선친께서는 제게 소아를 훌륭한 의원으로 키

워 달라 하시고 성수장을 재건해 달라는 말만을 하셨거든
요. 그런데 그 훌륭한 의원이라는 것이 뭔지 제 마음대로
생각해 버린 것 같아요."

"으으음."

위연호는 어려운 이야기는 질색이라는 표정을 숨기지 않
았다. 그 얼굴을 본 진예란은 풋, 하고 웃고 말았다.

"죄송해요. 위 공자와는 관련이 없는 이야긴데……."

"사실은요."

"예?"

위연호가 가만히 진예란을 바라보았다.

눈이 서로 마주친 채 시간이 흐르자 어색함을 이기지 못
한 진예란이 볼을 붉힌 채 고개를 슬며시 돌렸다.

"뭘 고민하고 있는 건지 이해가 잘 안 가요."

"예?"

진예란이 고개를 살짝 갸웃거렸다.

그리 어려운 이야기는 아니었을 것이다. 지금까지 그가
본 위연호는 게으를지는 몰라도 멍청한 사람은 아니었다는
것을 감안하면 지금 하고 있는 이야기는 진예란의 말을 이
해하지 못했다는 뜻은 아니라고 봐야 한다.

그럼?

"사부가 말씀하시길…… 음, 요즘 이게 내 입버릇이 되
어버린 것 같은데…… 여하튼 그 영감님이 말하기를, 원하

는 것이 있다면 자신 스스로가 이루어야 한다고 하셨거든
요."

"……."

"그 영감님이 심술 맞고 매우 사람을 짜증나게 하는 사
람이기는 하지만, 적어도 틀린 말을 하지 않는 분이셨죠.
정확하게 말하자면 자꾸 맞는 말만 하는데, 그 맞는 말이라
는 게 전부 다 듣기 싫은 맞는 말이라서 사람을 두 배는 더
짜증나게 하는 양반이라……."

갑자기 알지도 못하는 사람의 뒷담화를 듣게 된 진예란
이 황당함을 느낄 무렵, 위연호가 삼천포로 빠지던 화제를
제자리로 끌고 왔다.

"여하튼 영감님이 하는 말이 대충 다 맞는 말이라고 했
을 때, 이루고 싶은 것이 있다면 스스로 이루어야 한다는
말도 맞는 말이라고 생각해요. 보통 사람은 자신이 이루고
싶어 하는 것을 다른 사람들에게 바라는 경우가 많은데, 목
마른 사람이 우물을 파는 법이죠."

"그러니까……."

진예란이 목소리를 가다듬었다.

"제가 하라구요?"

"네."

위연호는 지체하지 않고 고개를 끄덕였다.

"스스로도 원하고 있는 것 아닌가요?"

"위 공자님, 성수장의 적자는 소아예요."

"적자만이 가문을 일으킬 자격이 있다는 말은 처음 들은 것 같은데요?"

"전 여인이구요."

"남자만이 가문을 일으킬 수 있다는 말도 처음 듣는 것 같네요. 특히나 의가라면 말이죠."

위연호의 말에 진예란은 혼란스러운 표정을 감추지 못했다.

'내가 직접?'

그녀에게 주어진 사명은 진소아를 훌륭한 의원으로 만드는 것이라고 생각했다. 단 한 번도 진소아를 대신하여 무언가를 한다는 생각은 해본 적이 없었다.

"제가요?"

혼란스러운 진예란은 몇 번이고 다시 물었다.

위연호는 뚱한 표정으로 대답을 하지 않았다. 그 물음이 확신을 구하고 있다는 것은 알았지만, 그것에 대답을 해줄 수 있는 사람은 위연호가 아니라 진예란 자신이었다.

"제가 할 수 있을까요?"

"그건 아무도 모르죠."

위연호는 솔직하게 말했다.

"그런데 제가 본 대로라면 진 소저가 바라는 이상적인

의원이라는 건 성수장의 방침과도 다르고, 소아가 가려는 길과도 달라요. 그런데 그걸 남에게 강요한다면 반드시 문제가 생기겠죠."

"아……."

"그리고 내가 생각하기에는 서로 다른 두 가지를 진 소저가 이어서 생각하고 있다는 생각이 드는데요."

"그게 무슨 말씀이신지?"

위연호는 눈앞에 놓인 술잔을 손가락으로 톡톡, 건드렸다. 술 잔 안에 가득 찬 술이 파문을 일으킨다.

"소아를 훌륭한 의원으로 키워 달라는 것과 성수장을 재건해 달라는 것은 분명 다른 이야긴데, 둘을 엮어서 해야 한다고 생각하시는 것 같아서요."

"……."

"소아가 훌륭한 의원이 되는 건 되는 거고, 성수장을 반드시 소아가 재건할 필요는 없는 거죠. 성수장을 재건할 자격은 소아에게만 있다고 생각하시니까 자꾸 소아에게 집착하시는 것 아닙니까."

진예란의 눈이 흔들렸다.

위연호는 솔직하게 말했다.

"저는 게을러서 남의 일까지는 생각하지 못하는 사람이에요. 그런데 하나는 알아요. 제 일은 제가 해야 한다는 거죠. 성수장을 재건하고 싶다면 소아에게 맡길 게 아니라 소저가 직접 해야 하는 거예요. 특히나 성수장을 소저가 생각하는 이상적인 의원으로 재건하고 싶다면 더더욱이요."

진예란은 아무 말 없이 위연호를 바라보았다.

"왜요?"

"……위 공자는 이상한 사람이에요."

"자주 듣는 이야기네요."

"정말 이상한 사람이네요, 정말."

가만히 위연호를 바라보던 진예란이 고개를 들어 하늘에 떠 있는 달을 바라보았다. 구름에 반쯤 가려져 있는 달은 어두운 밤을 환히 밝히고 있었다.

"제가 할 수 있을까요?"

"그건 아무도 모르죠. 하지만 확실한 것은……."

위연호는 자신의 앞에 놓인 잔을 들었다.

"움직이지 않는 사람, 시도하지 않는 사람, 그저 생각만 하는 사람은 아무것도 이룰 수 없다는 거죠."

"자학인가요?"

"글쎄요."

위연호는 빙긋 웃었다.

"저는 이렇게 사는 것에 매우 만족하는 사람이에요. 딱히 뭔가를 이루고 싶은 생각도 없고, 뭘 해야겠다고 생각하지도 않아요. 하지만 지금 진 소저보다는 내가 더 행복한 것 같은데요?"

"……."

"저는 제가 하고 싶은 걸 하고 있으니까요. 물론 망할 사부 때문에 하기 싫은 일도 해야 하는 상황이기는 하지만."

"그 사부님이 참 좋으신 분이네요. 위 공자를 움직이게 하시니까."

위연호가 말없이 하늘을 바라보았다.

"행복하거라."

부드럽게 웃는 사부의 얼굴이 보이는 것만 같았다.

"그럴지도요."

진예란은 가만히 위연호를 바라보았다.

태평한 표정 때문에 보통은 잘 눈치채지 못하는 사실이지만, 위연호의 눈가에는 아련함이 맺혀 있었다.

"위 공자는 정말 특이한 사람이에요."

"그 말도 자주 듣는 말이네요."

"위 공자의 말이 맞아요. 제가 하고 싶은 것이 있다면 제 손으로 이뤄야 하는 거죠. 어쩌면 저는 제가 가기에는 너무 힘든 길을 소아에게 바라왔던 것인지도 몰라요. 그러면 안 되는 건데."

진예란의 목소리가 살짝 떨리고 있었다.

"저…… 잘할 수 있을까요?"

"그건 모른다니까요."

"그래도 잘할 수 있다고 해주세요."

불안함을 떨고 싶다는 듯이 말하는 진예란에게 위연호는
자신이 할 수 있는 최선을 말해주었다.

"불안한 만큼 노력하면 돼요."

"……."

"불안한 건 당연한 거예요. 모두가 불안하죠. 하지만 불
안함을 불안함에서 끝내 버리는 사람과 불안한 만큼 노력하
는 사람이 있는 거죠. 노력하는 사람이 반드시 성공하는 것
은 아니지만, 대부분의 노력하는 사람은 이전의 자신보다는
나은 사람이 되기 마련이죠."

"그럴까요?"

"사실 지금까지도 진 소저가 노력해 왔다는 것은 알고
있어요. 하지만 그 노력의 방향이 잘못되었죠. 이제는 좀
더 제대로 된 방향으로 노력해 나가면 될 거예요."

이런 말이 가장 어울리지 않는 사람이 위연호일 것이
다.

진예란 역시 평소의 위연호가 이런 말을 했다면 한 귀로
듣고 한 귀로 흘려 버리고 말았을 것이다.

하지만 지금의 위연호에게는 이상하게도 믿음직함이 느

껴진다.

'생각해 보면…….'

이 사람이 나타나고 모든 것이 바뀌었다.

가난에 허덕이던 성수장이 빚에서 벗어났고, 진소아는 자신의 길을 가며 성수장의 부활을 선언했다. 그리고 이제 는 진예란에게마저 길을 보여주고 있었다.

'이상한 사람.'

너무 이상한 사람이다.

달이 조용히, 그리고 인자하게 두 사람을 내려다보고 있었다.

* * *

"……잘된 거 아닙니까?"

"잘돼?"

사가의 말에 광구신개는 코웃음을 쳤다.

"지금 중원에서 가장 잘나가는 의방이 어디냐?"

"그야 물론 성수장이지요! "

"또?"

"예?"

"성수장 말고는 어디 있냐?"

"그야…… 백의의문(白衣醫門) 아닙니까."

"그렇지?"

광구신개가 비릿한 미소를 머금었다.

"그 둘의 사이가 어떠냐?"

"에이, 별걸 다 물으십니다. 신개 어른, 성수장과 백의의문이 사사건건 부딪치고 싸우는 앙숙이라는 것을 모르는 사람이 어디 있습니까?"

"그래, 앙숙이지, 앙숙이야."

광구신개가 혀를 끌끌, 찼다.

"그날 이후로 진 소저는 새 마음 새 뜻으로 무명의방의 이름을 바꾸게 되지. 환자를 향한 한결같은 마음을 잊지 말라는 뜻으로 말이야."

"설마?"

"그래. 백의의문의 전신이 무명의방이다. 위연호가 다녀간 덕에 호북에서 성수장과 백의의문이 모두 생겨나게 되었지."

사가의 눈이 떨렸다.

성수장은 중원제일의문이라고 해도 과언이 아닐 정도로 그 세가 큰 것으로 유명하고, 백의의문은 의중지문이라 불릴 정도로 환자를 최선을 다해 치료하는 것으로 유명했다. 성격과 방향이 워낙 다른 의방이라 물과 불처럼 서로 섞이지 못하는 두 단체가 아니던가.

얼마 전에는 소속 의원들이 침을 들고 서로를 공격하는

상황까지 벌어질 정도로 그야말로 최악의 관계라고 할 수
있었다.

　그런데 그 두 의방이 한 뿌리에서 나왔다니!

　"남매가 원수 되는 건 순식간인 거야."

　혀를 차는 광구신개의 모습이 왠지 심술궂어 보인다. 사
가는 앓는 소리를 내며 고개를 젓고 말았다.

〈『태존비록』 제5권에서 계속〉